LA OSCURIDAD INTERIOR

ExLibric

F. J. SARABIA

LA OSCURIDAD INTERIOR

EXLIBRIC

ANTEQUERA 2024

LA OSCURIDAD INTERIOR
© F. J. Sarabia
Diseño de portada: Dpto. de Diseño Gráfico Exlibric

Iª edición

© ExLibric, 2024.

Editado por: ExLibric
c/ Cueva de Viera, 2, Local 3
Centro Negocios CADI
29200 Antequera (Málaga)
Teléfono: 952 70 60 04
Fax: 952 84 55 03
Correo electrónico: exlibric@exlibric.com
Internet: www.exlibric.com

ISBN: 978-84-10076-73-0
Depósito Legal: MA 1615-2024

Impresión: PODiPrint
Impreso en Andalucía – España

Nota de la editorial: ExLibric pertenece a Innovación y Cualificación S. L.

F. J. SARABIA

LA OSCURIDAD INTERIOR

«Pues no será por eso…»
Desde el primer día, y siempre, mi faro.

La hija del sepulturero

La hija del sepulturero lleva horas cavando. Tantas que no recuerda cuándo le ha envuelto la noche. Una noche con una luna huidiza, que se esconde entre las nubes con demasiada frecuencia. Ha olvidado llevar consigo el candil y debe fiarse de su intuición y de las palabras de su padre, que ahora resuenan en su cabeza, para hacer bien el trabajo. Es la primera vez que lo hace sola. Siempre ha estado al lado de él, su único pariente, su único lazo con el mundo, en realidad, guiándola, corrigiéndola para que el esfuerzo físico no se hiciera en vano, para que economizara las fuerzas en todo momento, pero esta vez ha de hacerlo sin su compañía. Esta vez es diferente. Apoya su pequeño pie en el borde de la pala, con su punta amenazando a la tierra que va a ser retirada, y empuja con ímpetu. La pala se hunde y entonces, con las manos apretando el mango hasta emblanquecer los nudillos, haciendo palanca con ambos brazos, obtiene una nueva palada de tierra negra, que echa diligentemente en el balde de zinc, junto a ella.

El sudor le empapa la ropa, el cuerpo, la cara; huele mal. Y no solo a sudor, huele a derrota. El cabello negro que gusta cuidarse tanto —cien cepillados antes de acostarse, otros tantos al despertar— ahora parece un amasijo, una pesadilla. Con cada movimiento, cada vez más lento, más agotado, deja escapar un suspiro. Aunque ya apenas le salen, hasta sus pulmones se resienten por el cansancio.

De vez en cuando, descansa y mira a su alrededor, para comprobar el avance de su trabajo. Desde el centro de la fosa, ya no ve desde hace rato el resto del cementerio ni, por supuesto, su casa, a pocos metros de las primeras lápidas. Alcanza a ver las copas de los árboles más ancianos, los que llevan allí más años que ella y las generaciones de familiares que le preceden y que ocuparon aquel lugar.

En una fugaz aparición de la luna, se da cuenta de que el balde rebosa de tierra y se dispone a subirlo, repetir la mecánica tarea de amontonar la tierra retirada en un lugar donde poder utilizarla después, cuando vuelva a hacer falta. Emplea la polea que también aprendió a utilizar gracias a su padre. Si le viera ahora, estaría orgulloso, está segura. Su destreza no hace ver que sea su primera vez haciéndolo sin su tutelaje. Sin embargo, ese pensamiento no le reconforta. Está tan cansada...

Las piernas apenas le soportan, los brazos sufren calambres cada vez más frecuentes y las manos, los dedos están entumecidos, sin sensibilidad. Pero sabe que no puede parar. Menos aún cuando las primeras gotas de una lluvia que lleva algún tiempo amenazando comienzan a caer.

Sujeta firmemente el balde al gancho de la polea, sube por la escalera de mano que ha dispuesto en una esquina de la fosa e iza la tierra para alojarla en su lugar. Vaciar un recipiente lleno de tierra no es como hacerlo con agua, ella lo sabe bien. El líquido sale volando y la tierra se agarra, se resiste a moverse. Y las horas no han hecho más que hacer más intensa su sensación de ir perdiendo fuerzas a la vez que la arena, las piedras se hacen más y más pesadas, por lo que este último balde apenas se mueve cuando lo coge con ambas manos y adopta la posición, ligeramente encogida de rodillas, con la espalda curvada, para lanzar su contenido al montón prominente que hay junto al agujero.

Un relámpago le deja ver el resultado de su trabajo y el tamaño de la fosa parece suficiente.

Tras el relámpago, un trueno se disputa con el viento el señorío de la noche. Cuando se gira hacia la casa, oscura, más tenebrosa que nunca, una lluvia repentina, violenta, irrespetuosa, hace acto de presencia, y entiende que el tiempo es vital. No puede dejar que todo se embarre, sería todo mucho más complicado.

Si casi no tiene fuerzas para moverse, no para de pensar cómo hará lo más difícil. No tiene ni idea de cómo podrá trasladar, desde la casa a la fosa, el cuerpo de su padre.

La llamada

Si el gato de porcelana hubiera cobrado vida en ese momento, habría escuchado cómo la puerta cedía solo después de repetidos intentos.

A pesar de que se esforzó en abrirla despacio, los goznes eran demasiado viejos, estaban demasiado agotados como para evitar quejarse.

Solo cuando cerró tras de sí, encendió la linterna. Una sombra dibujaba en la pared una figura exageradamente estilizada, la que proyectaba aquel hombre, embozado con una braga, de una delgadez extrema, la piel cetrina, más huesos que músculos.

Un pensamiento fugaz le hizo convencerse de que la cerradura había sido cambiada recientemente. Recordaba bien, de anteriores ocasiones, cómo era antes. Era un edificio viejo, de la época de la posguerra, y todos sus habitantes habían nacido antes de que esta estallara. El bloque y los vecinos caminaban por senderos similares. El olor en todos los pisos era similar. Olor a alcanfor, a cerrado, deslucido. Sin embargo, creyó percibir otro olor distinto. Uno que no encajaba pero que, *a priori*, no lograba localizar ni identificar del todo.

Trató de abstraerse para acabar cuanto antes lo que había venido a hacer. Lamentó que el penoso transcurso de su vida le llevara a cometer actos como aquel, pero ya era tarde para tratar de buscar otra salida. Ya era tarde…

El haz de luz se movió, nervioso, por encima de los muebles, las cómodas. Se coló en los cajones que iba abriendo, en recipientes, jarrones y cualquier otro lugar donde la anciana pudiera esconder algo de dinero. Prefería dinero en metálico. Era cierto que sería capaz de vender (malvender) objetos de valor, relojes, anillos, collares. Aunque no estaba orgulloso de ello, conocía gente que podía darles salida. Pero, en este caso especialmente, solo quería dinero en metálico. Sintió respeto por el valor sentimental que para su dueña pudieran tener sus joyas.

A medida que se acercaba a los dormitorios, aquel olor singular parecía hacerse más intenso. Todas las puertas estaban abiertas, salvo una.

Como si se tratara del actor secundario de una mala película de terror, se decidió a abrirla, sabiendo que nada bueno podía haber detrás. Que estuviera cerrada podía explicar que aquel olor desparejado no le hubiera llegado antes con nitidez.

Le vino a la memoria de repente, sin saber cómo, una clase en el instituto en la que hablaban de la putrescina y la cadaverina, los compuestos que se producían al descomponerse los cuerpos. La anciana estaba tumbada en la cama, tapada hasta medio pecho, con las manos cruzadas, como si ya anticipara su final.

El hombre se subió aún más la braga, hasta casi rozar con los ojos, pero ni con ese gesto logró evadirse de aquel hedor.

Cuando logró superar la inmovilidad que le había producido el hallazgo, se dirigió al salón. Un teléfono negro, de los antiguos, con una rueda para marcar el número, descansaba sobre el mueble del televisor. Levantó el auricular, sin importarle que no llevara guantes ni ningún otro tipo de protección para evitar dejar sus huellas, y marcó el número de emergencias.

Al ser interpelado al otro lado de la línea, se limitó a indicar que una mujer había muerto y detalló la dirección.

Cuando la señorita le preguntó sus datos, guardó silencio unos segundos. Finalmente, contestó:

—Soy su hijo.

Después de asegurarle que tardarían lo menos posible, colgó, se quitó la braga del cuello, la guardó en un bolsillo del abrigo y se sentó, pesadamente, en el sillón de orejas donde tantas veces había visto la tele con su madre.

Terapia

Le tiemblan las manos mientras se abrocha las zapatillas. Al afianzarse la coleta con brío parece querer darse el ánimo suficiente. Elige la música que sonará durante la media hora que pretende salir a correr y abre la aplicación donde planifica qué hacer y recoge y compara sus resultados diarios. Todo en su móvil de última generación, donde también ha instalado una alarma antipánico que conecta con la Policía al oír la palabra *socorro*.

Ha pasado ya casi un año y su psicólogo le viene insistiendo desde hace tiempo: hay que exponerse. Para superar un trauma, una fobia, un bloqueo vital hay que enfrentarse, preferiblemente, repitiendo aquello que produjo el impacto emocional. Y ahí está ella, a punto de salir a la calle, de dejarse de *footing* de salón para volver a encarar los recorridos de siempre. Aunque exista la posibilidad de que se vuelva a encontrar con su agresor.

Pensó haber escogido ropa más holgada, pero, ¡qué narices!, no podía dejarse vencer una segunda vez. Lo más ajustado y lo más llamativo de su armario lucía ahora bien pegado a su cuerpo, contorneado, trabajado al máximo.

Los primeros pasos siempre cuestan más. Los músculos están perezosos, siguen las leyes de la física y al haber estado parados tienden a seguir en ese estado. Sin embargo, a medida que las endorfinas agitan el organismo, todo cambia y el ejercicio se convierte en algo imprescindible.

El móvil le recuerda cada cierto tiempo la distancia recorrida, el tiempo medio por kilómetro, la velocidad media y la distancia estimada en el tiempo total marcado. Y todo eso con una dulce voz de mujer que se hace oír por encima de la música. Maravillas de la técnica. Pero, a pesar de que todo parece normal en la calle, que la agitación física, el olor a aire fresco y los intentos del ácido láctico por adueñarse de sus piernas le hacen sentir en forma, viva y segura, la imagen de aquel hombre, con un escorpión tatuado en el cuello, le persigue...

Tan abstraída está en sus pensamientos que apenas se da cuenta de que dos hombres pelean brutalmente en un extremo del aparcamiento junto al que pasa en este momento.

Cuando quiere darse cuenta, el que parece vencedor de la trifulca (¿un ajuste de cuentas, tal vez?) se cruza con ella a toda velocidad, alejándose de ella y se pierde en las calles que, poco a poco, se ennegrecen al esconderse el sol. El miedo le atenaza. Pero, curiosamente, solo durante unos segundos.

Tras ellos, hace justo lo que nunca pensaría que iba a hacer. Se dirige al hombre que yace en el suelo del aparcamiento. Cuando le tiene cerca, a pesar de la penumbra, solo ve un hombre luchando por su vida, con ambas manos sobre una enorme mancha roja en un costado, sin apenas emitir sonidos.

Se acerca más porque lo que ha visto, tras una inspección rápida, es algo que no puede creerse. Un repugnante escorpión domina el cuello de aquel hombre, cuyos rasgos, ahora que le ve bien, coinciden con los que ve en sueños desde hace tanto tiempo.

El hombre la mira, suplicante. No pronuncia palabra alguna, incapaz de hacerlo, pero lo dice todo con la mirada. Ella le mantiene esa mirada que no pudo sostener hace siglos... Está a una llamada de salvarle la vida al hombre que ha arruinado la suya.

Se descuelga el móvil del brazo, apaga la música, abre el teclado del teléfono y marca un número.

Mientras espera, mantiene sus ojos fijamente clavados en los del moribundo.

—¿Doctor? Creo que tenía razón, tenía que exponerme. Estoy mucho mejor, sin duda. —Y se alegra tremendamente de la cara de decepción de aquel capullo—. No puede haber mejor terapia…

¿Papá?

En uno de sus escasos momentos de consciencia, levantó ligeramente la cabeza de la almohada, como se hace cuando uno anda desorientado y quiere mirar alrededor.

Pero no se puede ver nada con un vendaje rodeándote casi al completo la cabeza. No sabía decir si había sido un sueño o un simple juego de su mente dominada por los fármacos, pero juraría haber oído a un médico hablar con su madre acerca de sus lesiones y lo que habían tenido que hacer para salvarla.

Fracturas en varias partes del cuerpo, un pulmón perforado, dos vértebras aplastadas (se temía por la recuperación de la movilidad) y múltiples lesiones en los ojos a causa de los cristales de la luna contra la que impactó en el accidente.

«¿Y mi marido?», le oyó decir también a su madre, entre sollozos. Si no eran imaginaciones suyas, creyó entender que su padre estaba en aquel mismo hospital, tratando de reponerse de lesiones tan serias, como poco, como las suyas.

Quiso llamar a su madre, a la enfermera, a alguien, pero no le salía la voz. Desconocía si el golpe le había producido también aquella incapacidad para hablar o sería pasajero. Pero en ese momento le dio igual, no podía emitir sonido alguno y punto. Tanteó con ambas manos a los lados de la cama en busca del avisador, pero no lo encontró. «Fantástico», pensó.

En ese momento, escuchó cómo se abría la puerta. Agudizó el oído, por si se hubiera confundido y se tratara de la habitación de al lado, pero, entonces, lo olió. Aquel olor era inconfundible.

Le había dicho tantas veces que no se pusiera esa crema, que ella odiaba el olor a coco...

Su cerebro, animado por la sorpresiva aparición, quiso mandar una orden a sus cuerdas vocales, pero aquel «¿papá?» se quedó en una simple corriente nerviosa llegando a un callejón sin salida.

Sonrió. Pensó que, aunque no pudiera hablar, a su padre le gustaría verla sonreír, que supiera que estaba grave, pero se recuperaría. Notó cómo sus cabellos se alzaban, como rozados apenas por su visitante. Y cuando ella quiso que se encontraran sus manos, moviendo las suyas ciegamente, para decirle con su apretón, con sus caricias, que todo iba a salir bien, escuchó cómo se cerraba la puerta. Y el olor a coco desapareció.

Entonces, sin más, se dejó vencer por los últimos coletazos de la anestesia.

A la mañana siguiente, descubrió con alegría que parecía haber recuperado la voz. Le sonaba rasposa y más grave de lo que era en realidad, pero, al menos, podía comunicarse.

Estaba a punto de llamar a la enfermera cuando sintió que más de una persona entraba en su habitación.

—Hola, cariño. —La voz de su madre, que de repente rompió a llorar.

—¿Qué pasa, mamá?

—Tu padre... —E incapaz de terminar la frase, se deshizo de nuevo en un mar de lágrimas.

—Papá vino a verme anoche, le sentí.

En ese momento, paró el llanto de su madre y el murmullo de los que debían ser el médico y una enfermera quedó en silencio. En absoluto silencio.

Fue el doctor quien habló.

—¿Cuándo dices que vino tu padre a visitarte?

—Anoche, poco antes de quedarme dormida hasta esta mañana.

Aquel silencio le atormentaba. ¿Por qué no seguían murmurando, incluso llorando? ¡Lo hubiera preferido un millón de veces!

—Siento decirte que eso es imposible —continuó el doctor—. Tu padre falleció ayer en la mesa de operaciones.

Coma

La sirena aullaba por encima del ruido de los neumáticos desafiando a la lluvia que cubría el asfalto. Cada sanitario a bordo de esa ambulancia, de cualquiera, en realidad, sabe que los primeros momentos son cruciales en casos como aquel. Para ellos toda velocidad es poca.

Accidente de tráfico entre dos turismos. Los ocupantes de uno de ellos resultaron con heridas leves, al igual que la acompañante del conductor del segundo vehículo. Este último salió despedido a través de la luna delantera, impactando con el firme. Como resultado del impacto, se diagnosticó en el sujeto traumatismo grave, con pérdida de masa craneoencefálica, afección pulmonar y tres paradas cardiorrespiratorias que fueron estabilizadas por el personal de la ambulancia en el trayecto hacia el hospital. La operación duró más de diez horas. Debido a la extrema presión que soportaba el cráneo del paciente, tal y como se aconseja en casos similares, se procedió a la inducción al coma, mediante la sedación controlada. Se reduce el nivel de oxígeno y, en general, el nivel de actividad del cerebro, lo que debe contribuir a una reducción de la presión sanguínea que, a su vez, conlleva una disminución paulatina de la inflamación causante de la presión craneal.

La respuesta de un paciente en las horas posteriores a la inducción al coma es fundamental para intentar predecir su capacidad de recuperación, que, en todo caso, va aparejada a una rehabilitación con especialistas multidisciplinares.

Hay quien no sale de ese letargo.

Las atenciones de los sanitarios no cesaron, la vigilancia fue incansable. Se controlaba la evolución del paciente con un esmero singular, cada mínimo signo de mejoría —o de lo que parecía serlo— se tomaba con precaución, pero con esperanza. Ver recuperarse a un individuo de una situación límite como aquella se consideraba todo un triunfo entre los profesionales.

Cuando abrió los ojos, no había ninguna enfermera en la habitación. Sin embargo, algún parámetro se vio alterado para que fuera registrado por todo el equipamiento al que estaba conectado, que, enseguida, un buen número de personal corrió a su encuentro.

La voz no le salía. Su cuerpo tampoco parecía querer obedecer las órdenes que lanzaba su cerebro.

Al ver sus intentos, un médico le advirtió que era normal, que necesitaría rehabilitación para recobrar poco a poco habilidades tan usuales como el habla o la movilidad.

Cuando, pasado el tiempo, consiguió construir una frase, aunque con dificultad, preguntó por su mujer. El médico encargado de su caso movió la cabeza de un lado a otro, sin decir más. El paciente sollozó con esfuerzo y musitó algo que el facultativo entendió como «maldito accidente».

—Su mujer no murió a causa del accidente —aclaró—, sino de muerte natural. —Y ante la cara de incredulidad de su interlocutor, concluyó—: Esto no va a resultar sencillo. Jamás nadie había despertado antes de un coma después de treinta y seis años...

El puente

Sabedor de las expectativas que se habían creado durante tantos años, el gobernador retrasó a propósito su llegada para inaugurar el puente. Es conocida la habilidad de la clase política para rentabilizar al máximo sus apariciones públicas, pero, en especial aquella mañana, el máximo responsable del condado quiso asegurarse de que no faltaba nadie, por lo que se tomó más tiempo del necesario.

Ese puente se había convertido en un reto personal. Las dificultades habían sido numerosas y no solo por la apenas inexistente relación con el Gobierno estatal, que tenía que conceder su visto bueno y dotar de presupuesto, sino por los incesantes bloqueos de las dos localidades que, por primera vez en la historia, se verían unidas por encima del caudaloso y ancho río que les separaba.

Cualquiera diría que ambas villas deberían tener ansias irrefrenables de verse unidas para potenciar su relación comercial, entre otras muchas cosas, pero nada más lejos de la realidad.

Entre los asistentes al acto solemne, bien visibles al frente de las respectivas comitivas de cada pueblo, aunque sin los signos de oficialidad que se hubieran visto en un acto consensuado —y deseado—, se encontraban los ediles de cada localidad. Uno frente a otro. Cada uno a un lado del puente. Si alguien hubiera querido poner efectos sonoros a la escena habría ajustado una sintonía silbada preludio de un duelo.

A pesar de la enorme distancia que separaba ambas orillas, parecía como si se sostuviesen la mirada, desafiándose de un modo imposible.

Por pura simpatía, los habitantes de cada población habían tomado partido por su alcalde, si bien muchos de ellos no tenían ni la menor idea de la razón de la enemistad de años que existía entre los dos. El gobernador sí sabía la razón de esa enemistad. Lo sabía muy bien, ya que estaba casado con ella…

El acto de inauguración no pasó de ser un espectáculo más de un gobernante queriendo demostrar que lleva a término sus promesas, sin importar el escaso entusiasmo en los que se suponía que iban a ser los mayores beneficiarios de aquella obra de la ingeniería civil.

Cuando se acallaron las fanfarrias de la inauguración, cuando ambos pueblos volvieron a sus rutinas, sigilosamente, la noche comenzó a tomar posesión de su momento.

Tuvieron que pasar varias horas de una oscuridad cerrada, cuando apareciera la luz de una antorcha en uno de los lados del puente.

El alcalde de uno de los municipios se acercaba con paso firme a la mitad de la construcción, cargando un pesado cesto de mimbre. Al llegar al que consideraba punto medio del puente, se agachó y sacó lo que llevaba en el cesto, depositándolo en el suelo, junto a la baranda del puente.

Estaba tan ofuscado en su labor que no se dio cuenta de que otra luz venía desde el otro lado del puente. Cuando eran apenas unos metros los que les separaban, se llenaron de ira los rostros de los dos alcaldes al descubrir a su archienemigo a una distancia que los mismos jueces habían prohibido.

Sin mediar palabra, ya que en el pasado se habían dicho demasiadas y el resultado había sido siempre devastador, se lanzaron uno contra otro, haciendo uso de uñas, dedos, puños, dando mordiscos, patadas, cabezazos, lo que convirtió el puente recién inaugurado en el decorado de una dantesca escena que no auguraba nada bueno.

En uno de los movimientos, bruscos todos, que llevaron a cabo los contendientes, una de las antorchas, que yacían en el suelo, se acercó al montón de objetos que el primer edil había dejado sobre el asfalto del puente.

Obcecados en su propia inmadurez, ninguno de los dos alcaldes vio la llama que chisporroteaba recorriendo una mecha, ninguno percibió que apenas les quedaba tiempo, ninguno adelantó su final.

Cuando, pasadas las horas, los bomberos lograron remover la montaña de cascotes en que se había convertido el puente, encontraron a los dos hombres tan agarrados que daba la impresión de que se abrazaban.

Amigos para siempre

Se conocían desde el colegio. Ya el primer día, inconscientemente, como si recibiesen una orden mental que solo ellos percibían, se pusieron uno al lado del otro para apenas separarse desde entonces. Asistían a las clases sentados uno junto al otro, jugaban juntos, compartían horas de estudio. Incluso, formaron parte de diversos grupos de amigos en los que los únicos que repetían siempre eran ellos dos. Ni siquiera cuando ambos decidieron formarse realizando carreras distintas perdieron el contacto.

El doctorado en Ingeniería de Telecomunicaciones que consiguió ella lo celebró su amigo con una enorme alegría y una profunda satisfacción. Y no fue menor la reacción contraria cuando él logró crear su primera empresa de aplicaciones informáticas.

Cuando un cáncer mantuvo a la joven hospitalizada durante varios meses, nadie como él se pasó tanto tiempo a su lado, día y noche, incansable esperando la evolución favorable del enemigo que estuvo a punto de arrebatársela.

Él superó su traumática separación con el inestimable apoyo de su amiga.

No pasaba nunca demasiado tiempo para que hablaran, para que se vieran y se pusiesen al día. Para que se consolaran, para que se ayudaran el uno al otro.

Aquella tarde, se estaba pintando los labios y acicalándose para ir a la hora acordada al piso de su amigo. Él repasaba cada rincón en busca de la más leve mota de polvo, de una mancha que pudiera empañar lo que pretendía que fuera una velada perfecta: velas aromáticas, copas de vino, música suave de ambiente…

Pasaron las horas, repletas de risas, de confidencias, de momentos de una intimidad tan intrínseca en su relación que a ellos les parecía natural pero que, vista por un observador externo, demostraba una química absoluta.

En un momento, alguien propuso repasar fotografías de otros años, de otras vacaciones, de otras aventuras. En todas ellas, aunque salieran decenas de caras, siempre se les veía a ellos dos, sonriendo, siempre sonriendo, y casi siempre cruzándose las miradas.

Al percatarse de aquellos gestos, conocidos pero olvidados por ambos, volvían a cruzarse las miradas, pero esta vez allí y en ese momento, sintiendo que algo especial había entre ambos desde el principio de los tiempos. Los álbumes amontonándose en la mesa del salón donde casi no había ya sitio para las copas de vino, aunque hacía tiempo que ya no había vino con que llenarlas.

A pesar de la frenética actividad fotográfica, o tal vez a causa de ello, el cansancio fue haciendo mella especialmente en él, que, poco a poco, se quedó dormido mientras ella seguía repasando, en silencio, el contenido de las carpetas de fotos.

Una vez acabado el repaso, y sin querer hacer ruido y despertar a su amigo, recogió los álbumes y se los fue llevando a su sitio original, la estantería que cubría al completo una de las paredes del salón.

Cuando estaba colocando uno de los álbumes, una de las fotos que parecía no estar bien pegada se cayó al suelo. Se agachó, la recogió e iba a ponerla en su lugar cuando vio que en la parte inferior de una de las baldas de la estantería había un sobre pegado con cinta de un modo algo chapucero.

Miró hacia el sofá, comprobó que su amigo seguía profundamente dormido y, con cierto rubor, despegó el sobre y lo abrió para ver su contenido. Le costó reponerse de lo que vio. Numerosas fotos suyas, en bikini, en ropa interior, desnuda...

Con movimientos anestesiados, a causa del impacto sufrido, se dirigió a la puerta para abandonar lo antes posible aquel lugar. Cuando estaba ya junto a la puerta, se giró, recogió el sobre, que había dejado caer al suelo, y se marchó con él.

Vecinos

Desde su separación, no paraba de trabajar. Ocupaba casi todo su tiempo centrado en sus labores profesionales, reducía al mínimo el tiempo para las comidas, frugales la mayoría, se acostaba tarde y volvía a levantarse temprano cada mañana. Sin excepción. No existían fines de semana ni festivos. No cabía duda de que su empresa, lejos de ver en su divorcio un problema, veía motivos para frotarse las manos.

Con un número de horas de sueño tan limitado por el ritmo autoimpuesto, cualquier alteración le producía un desequilibrio tal que le llevaba a sufrir intensos dolores de cabeza, pérdidas de atención e incluso ciertos desajustes digestivos bastante incómodos.

Lamentablemente, su joven vecina no parecía ser consciente del delicado equilibrio por el que pasaba su recién estrenado vecino y, sin importar si era día laborable o no, organizaba reuniones multitudinarias o más íntimas, pero igualmente ruidosas.

Cuando le visitaba compañía masculina, aparte de empeñarse en tocar al telefonillo de su vecino (¿será tan difícil recordar una maldita letra?), daban todo un espectáculo sonoro durante toda la noche. Parecía, incluso, que se embarcaran ambos —fuera quien fuera el acompañante— en una especie de competición en la que vencía quien sostenía gritos más intensos y agudos durante más tiempo.

Que las dotes amatorias de su vecina fueran así de escandalosas no le importaba, salvo porque formaban parte, por desgracia, de sus desvelos. En secreto soñaba con poder aplicarle la misma medicina.

Un día, en una reunión de trabajo entre varias empresas del gremio, conoció a una chica. Parecieron caerse bien desde el principio. Él la invitó a tomar una copa. Luego a su piso. Y una cosa llevó a la otra.

Su obsesión por alcanzar un nivel de molestia muy superior al que él mismo había sufrido tantas veces estuvo a punto de dar al traste con su aventura, ya que, por su estado de despiste, la chica le preguntó en varias ocasiones si de verdad quería hacerlo.

«Por supuesto que quiero», fue su respuesta, a la vez que la tomaba por la cintura, la besaba con pasión y comenzaba a desabrocharle los botones de la blusa.

En apenas segundos se encontraban ambos desnudos, retozando sobre la cama, la luz encendida, como le gustaba a él —a ella no le importaba—, explorando con la torpeza que proporciona cierto grado de embriaguez, pero con el valor de la desinhibición que produce.

Deseaba con toda su alma que ella fuera verdaderamente escandalosa (se había cerciorado de que su vecina se encontraba en casa, y sola; no habría competición aquella noche) para, al menos, intentar demostrar lo que molesta que sea imposible descansar por culpa de un vecino.

Cuando se acercaron los momentos culmen de la velada, que fueron varios, la mujer profería ciertos gemidos, algunos grititos, palabras inconexas, pero nada fuera de lo común. Por su parte, él estaba lo bastante centrado en dar el máximo para que no fuera por él que su compañera no diera el do de pecho, que era incapaz de emitir sonidos más intensos que un suspiro.

Obsesionado con aturdir a su vecina, pensó en cómo superar la situación. En la mesilla descansaban sus llaves. Las tomó en la mano derecha, cerró el puño y dejó salir varias de las llaves por entre los dedos.

La postura amatoria más común le permitía tener a su acompañante dominada físicamente bajo él y con cierta capacidad de movimiento.

El primer golpe, en pleno rostro de la mujer, fue inesperado, pero logró el efecto deseado por él. El aullido que produjo en la chica fue tal que no hizo más que animarlo.

En el pecho, los hombros, las manos que trataban de cubrirse, paulatinamente las llaves se clavaban con ira, sin apenas resistencia y acompañadas de una sinfonía de gritos que, si bien pudieran ser confundidos con algunos de placer, distaban mucho de serlo. Con el último golpe, en la carótida, el grito fue ahogado pero suficiente. Satisfecho por la sinfonía de alaridos creada, se levantó, se colocó de pie, pegó la oreja a la pared y le susurró a su vecina: «Jódete».

El viaje

Miró alrededor y únicamente vio los altos árboles del bosque que proyectaban sombras tenebrosas con la luz de la luna. Apenas se oía el ligero siseo del viento y era sorprendente la ausencia de otras voces del bosque que, incluso de noche, jamás está en silencio. Estaba descalza. Estaba sola. Estaba desorientada.

Llevaba un camisón que revisó de arriba abajo como si observara a alguien extraño. Aunque no podía jurarlo debido a la deficiente iluminación, creyó ver unas manchas oscuras desparramadas en la pechera de la prenda.

Tampoco fue capaz de asegurarlo, pero sus brazos desnudos, sus manos, le parecían tiznados de negro. Frotó con su mano derecha el brazo izquierdo y dejó un sendero irregular como el que queda al limpiar el polvo de una cómoda.

Decidió en ese momento comenzar a andar, ya que a lo lejos creyó ver una luz a la que dirigirse. A su paso, no sonaban las hojas caídas de los árboles que poblaban el suelo, no crujía rama alguna, ni se quejaban los helechos con los que se rozaba.

Llegó al pie de la casa y se asomó al ventanal de la habitación iluminada. Vio un hombre corpulento que parecía estar gritando a alguien que no alcanzaba a divisar. Se movió ligeramente hacia un lado para descubrir con quién discutía y se quedó de piedra.

Callada, con la cabeza gacha, descalza, enfundada en un camisón que dejaba al aire sus hombros y sus brazos, ¡¡estaba ella!! Posiblemente por no querer escuchar más los aullidos del hombre, la chica de la casa salió corriendo de la habitación.

La chica al otro lado del ventanal se apresuró a buscar otra posición desde la que seguir la escena y descubrió, con alivio, que en el salón al que se dirigió la niña, había una enorme chimenea que albergaba un fuego intenso.

Tras la chica de la casa apareció el hombre, que esta vez no se limitó a gritar y agarró los hombros desnudos de la joven y la zarandeó como si se tratara de un peluche. La cara de la niña se retorcía de angustia, de terror, de cansancio...

Sin saber bien cómo, se logró desembarazar del hombre y, con la celeridad de quien decide su siguiente jugada en una partida de póker con la muerte, agarró el atizador y lo agitó entre ella y su agresor.

El hombre amagaba intentar quitárselo mientras sonreía de manera burlona. Pero ella no se arredró. Siguió agitando el instrumento metálico. Pero lo hizo con tan poco criterio que, en uno de los semicírculos proyectados por sus pequeños brazos, fue a dar con varios troncos incandescentes que salieron disparados hacia las cortinas de la estancia.

Y justo cuando el hombre desvió su mirada para seguir el itinerario de los pedazos de leños ardientes, la niña aprovechó para golpearle con el atizador en el rostro.

A pesar de su poca envergadura, el golpe fue tan certero que abrió de inmediato una enorme brecha en la cabeza del hombre y un chorro de sangre oscura salió disparado, cubriendo de una lluvia encarnada cuanto tenía cerca. Incluido el camisón de la niña. Por entonces, el fuego se había extendido, haciendo presa fácil el material inflamable que, en abundancia, poblaba el salón. Fueron pocos los segundos que hicieron falta para que un denso humo gris, un gris presagio del negro de la eternidad, dominara la casa entera. Un humo que, como un parásito ávido de alimentarse de nuevo, se agarraba al cuerpo de la niña, tiznando su piel hasta dejar oculto por completo su pálido tono natural.

La chica de la casa comenzó a toser con fuerza y siguió haciéndolo hasta que la densa nube venció su consciencia y la niña cayó al suelo.

Angustiada, la chica de fuera de la casa cerró los ojos, apretó los puños y desapareció. Justo en ese momento, los párpados de la niña de la casa se abrieron y, no sin dificultad, consiguió incorporarse y buscar una salida del infierno en que se había convertido la casa.

Un padre de familia

El padre de familia sale de su casa, impecablemente vestido, siempre a la misma hora. Se dirige a su coche, brillante modelo logrado con más esfuerzo del que muchos saben, y se apoltrona en su asiento. Por unos segundos, se deja invadir por el sosiego de la soledad, por el control que de la situación cree tener.

Con la punta de los dedos desplaza un beso de sus labios a la foto familiar que adorna el salpicadero. Una adolescente pecosa, con sonrisa forzada; un pequeño, dormido en los brazos de una exultante madre de mediana edad, y un padre de familia orgulloso de serlo.

El camino a la oficina lo recorre con calma, acostumbrado como está a disponer de tiempo suficiente para llegar. Ni en días de mucho tráfico, a causa de la lluvia u otras inclemencias del tiempo, deja de cumplir con su deber de entrar por la puerta del trabajo antes de su hora. Es lo que se supone de un padre de familia.

Nadie levanta la mirada cuando aparece en la oficina. Ni se percata del suspiro que lanza cuando pasa por el despacho con el que sueña para acabar sentado en una mesa exactamente igual que otra decena de mesas, con equipos idénticos, con similares montones de papeles que despachar.

En el entorno en el que le toca trabajar, su capacidad de integración es reducida. La mayoría de sus compañeros son solteros fanfarroneando de sus conquistas de fin de semana, tema que le ruboriza de solo escucharlo, o mujeres que solo se fijan en un compañero si supera los cánones universalmente aceptados de belleza de los que, evidentemente, el padre de familia está a años luz.

Su jefe, recién separado, es un centauro en ese ambiente, mitad hombre casado, mitad animal —o ser humano liberado, que viene a ser lo mismo—. Últimamente, cada frase que le dirige, se refiera a lo que se refiera, la termina con un «claro, como eres un padre de familia», lo que le resulta especialmente molesto porque lo percibe como un insulto, cuando no lo es. Definitivamente, no lo es.

Cada jornada, al terminar, especialmente en invierno, cuando la noche borra los rasgos de la gente antes de tiempo, el padre de familia vuelve a montar en su coche y, con la parsimonia habitual, conduce con precaución.

Se confunde con el tráfico. Gira a izquierda y derecha, como queriéndose despistar a sí mismo. Busca calles desconocidas, ansía encontrar un laberinto de callejuelas que le hagan sentir perdido.

Y, finalmente, vuelve a encontrar un camino algo más transitado y se para en el primer supermercado que divisa con un aparcamiento generoso.

Apaga el motor, las luces y espera, paciente.

Vienen y se van coches, con frecuencia dispar según la hora sea punta o no. Cuando el fluir se ralentiza, se incorpora en el asiento y observa. Agudiza la vista con cada nuevo coche que se aproxima. Los requisitos son sencillos: nada de familias, ni siquiera parejas; nada de madres con niños, nada de ancianas. Mujeres jóvenes, solas, como la que acaba de dejar su berlina muy cerca de su vehículo.

Apenas le siente mientras cierra la puerta del coche. Se ve sorprendida por detrás y aunque patalea, intenta mover los brazos, quiere gritar desesperadamente, unos brazos fuertes, una mano firme pulveriza cualquier opción.

La desesperación se apodera de la joven, que vislumbra un final de la historia poco favorable para ella, y lágrimas de impotencia inundan sus ojos.

Sin dejar de sujetarla, sin dejar de observar a su alrededor, como buen depredador, se acerca a su cuello, percibe el delicado perfume que usa, pero también el olor del miedo, y sus labios casi rozan su oreja cuando le susurra:

—No tienes de qué preocuparte. Solo soy un padre de familia...

Preguntas

¿Qué se te pasó por la cabeza? ¿Durante cuánto tiempo, Dios mío?

¿Cómo fuiste capaz de contarme aquella mañana, mientras reímos sin parar, tus planes de vida?

¿Por qué me confesaste lo que más deseabas, lo que, aparentemente, movía tu vida? Y si me diste esa confianza, esa que no era fingida, que la sentía en tu mirada, en tus risas, en tus palabras, que la tenía grabada a fuego en cada confesión que me hacías, si me diste esa confianza, ¿no pensaste contarme también lo que pensabas hacer esa misma tarde? ¿No era suficiente, quizás, el nivel de confianza?

¿O, tal vez, tuviste un arrebato de buenismo y no querías que sufriera antes de tiempo, aunque fueran solo unas horas antes? Porque te aseguro que desde entonces vivo sufriendo. Habría sido poca la diferencia en el tiempo.

¿Pensabas que habría querido evitarlo? Tal vez lo hubiera hecho. Sí, lo habría intentado. Pero siempre fuiste muy convincente. Hasta de algo tan terrible me habrías convencido…

Me pregunto, me he preguntado tantas veces, qué pudo pasar en esas horas que separaron los instantes felices en que bebíamos y reíamos y hablábamos e intimábamos y el instante en que decidiste desaparecer. Lo tenías pensado de antes, ¿verdad? Lo debías tener pensado, seguro, eso no se hace así, porque sí.

Después de lo que pasó he leído mucho y la conclusión que saco es que quien quiere hacerlo no lo avisa. Simplemente, lo hace. Pero ¿por qué?

¿Por qué, si no te faltaba de nada?

¿Por qué, si tenías una familia adorable?

¿Por qué, si contabas con un trabajo en el que eras reconocido?

¿Por qué, si te quedaba una vida plena por delante?

¿Por qué, si me tenías a mí? Aunque no sea hasta ahora que te confiese que me habrías tenido para cualquier cosa…

¿Por qué te fuiste?

¿Por qué te dio por ser valiente cuando menos tenías que serlo?

¿Y por qué decidiste ser aún más cruel y quedar conmigo, con tu amiga que quería dejar de serlo, tan solo unas horas antes de haber decidido quitarse de en medio?

¿Por qué?

¿Por qué me has dejado aquí, sola?

¿Por qué no lo pensaste una vez más (no sé las que las habrías pensado ya y, la verdad, no me importa; ya no me importa) y te diste una oportunidad?

¿Por qué no nos diste una nueva oportunidad?

¿Por qué, maldito seas? ¿Por qué?

Te he llorado tanto que parece que no pudiera hacerlo más. Pero lo sigo haciendo.

Y no solo por lo que te añoro (¡no te haces una idea de lo que te echo de menos, cabronazo!), sino porque las preguntas que me has dejado sin contestar vienen cargadas de lágrimas. Es inevitable.

Ahora sé que, aunque a las lágrimas les vaya costando salir con el tiempo, la tristeza me acompañará siempre.

Como las preguntas. Tu legado.

Lo que bien se aprende nunca se olvida

La tarde se presentaba tranquila. Los dos ancianos salían de casa para visitar a su hijo mayor. Cuidar del nieto para que él y su nuera salieran a cenar se había convertido en una deliciosa costumbre.

Con la pausa que se habían ganado por su edad, se sentaron en su viejo automóvil y se abrocharon el cinturón, a pesar de que nunca sobrepasarían los límites de velocidad ni se verían envueltos, por decisión propia, en ninguna situación de peligro.

Se habían puesto sus mejores galas, como correspondía con la ocasión. Para ellos, una tarde con su nieto era la mayor de las fiestas.

Al tomar una curva, se adentraron en una calle de único sentido y con un solo carril. De repente, por el retrovisor pudieron ver cómo se acercaba un coche a toda velocidad, haciendo sonar el claxon desesperadamente.

Al principio, el anciano pensó que podía tratarse de una emergencia e intentó echarse a un lado, pero no había espacio suficiente para los dos.

La insistencia del otro vehículo se acrecentaba, acercándose tanto al vetusto coche que faltaba poco para colisionar.

El anciano pronto se dio cuenta de que no se trataba de ninguna urgencia. Por el espejo divisó varios adolescentes, con edad dudosa para poder conducir, que parecían disfrutar del acoso al que les sometían.

La pareja se miró en silencio y, cosas que da la madurez, no tuvieron que decir nada para entenderse.

La calle de un solo carril se extendía varios cientos de metros y, a pesar de lo incómodo de tener una panda de gamberros pisándoles los talones y a punto de provocar un accidente, la velocidad imprimida por el anciano no varió un ápice.

En ocasiones, de hecho, levantó a propósito el pie del acelerador, lo que provocaba una inmediata reacción sonora en sus perseguidores.

Cuando la vía se abrió en otra con varios carriles, el coche de los jóvenes les pasó como una exhalación, no sin antes mostrarles sus respetos en forma de algún que otro dedo corazón al aire y una cabeza melenuda saliendo por una de las ventanas, sacando despectivamente la lengua.

Pasados unos minutos, en los que el abuelo continuaba con su velocidad de crucero, entraron en otra calle estrecha y de sentido único.

Y, sin saber muy bien de dónde, vieron aparecer de nuevo, tras de ellos, el coche de los chicos, que, sin duda, no habían quedado satisfechos con la actuación anterior y querían aumentar la diversión.

Esta vez chocaron en varias ocasiones su parachoques delantero con el trasero de los abuelos, hasta tal punto que estos sintieron ciertas sacudidas que, pensaron, quizás les tuvieran que llevar al hospital en algún momento para una revisión.

El sonido del motor, ultrarrevolucionado, junto con el de la bocina del coche deportivo que conducían, habría hecho que estallaran los tímpanos de los vejetes, si no fuera porque ambos los tenían estallados desde hacía años.

Cuando parecían darse por satisfechos, les adelantaron, invadiendo parte de la acera.

Pero el destino a veces es caprichoso y volvieron a coincidir en un semáforo en rojo. Los muchachos, a la derecha del coche de los ancianos.

Estos se volvieron a mirar en silencio, ignorando las carcajadas e improperios de los chicos. La abuela asintió y, con la casi nula velocidad que le permitía su edad, se agachó ligeramente para abrir la guantera.

Se alegró al volver a sostener su Ceska CZ P-07, de las pocas en tamaño S, ideal para ella. El polímero del que está hecho el cuerpo del arma es ligero y manejable. Y su capacidad de cargador, quince balas, es perfecta. En un visto y no visto, como tantas otras veces en sus años de carrera profesional, levantó el arma, firmemente sujeta con ambas manos —artríticas pero experimentadas— y pudo ver la cara de asombro de los jóvenes antes de acabar con ellos, uno a uno.

¡Estoy aquí!

Aunque estaba seguro sobre su punto de vista —el acertado, sin duda—, le incomodaba haber discutido con su novia.

Últimamente las discusiones eran más frecuentes, pero siempre solían terminar con unas carantoñas, unos besos tras vencer cierta resistencia y, por lo general, una reconciliación entre las sábanas. Pero aquella vez fue diferente.

El portazo que había dado ella al salir de la casa aún retumbaba en su mente. Había estado rebotando en su cabeza toda la noche, de hecho. Tal vez por eso no había sido capaz de dormir de un tirón.

Dio tantas vueltas en la cama, inquieto, presa de su propia conciencia, que cuando finalmente quedó quieto en el centro, con los brazos estirados, ocupando todo el espacio posible, el sueño le venció por puro cansancio.

Cuando se quiso dar cuenta, un rayo de luz que se colaba por la persiana que había jurado arreglar sin falta en tantas ocasiones se clavó en su cara y la molestia le hizo abrir los ojos. O eso intentó al menos. Porque se dio cuenta de que no era capaz de hacerlo.

Pensó que, tal vez, debido a tan larga noche, llena de sobresaltos, los párpados le pesaban demasiado y no obedecían sus órdenes.

Sin embargo, al querer frotarse los ojos con las manos para espabilarlos manualmente, comenzó a preocuparse de verdad. Sus manos tampoco respondían.

«Vale, tranquilo», se dijo, «no pasa nada. Esto debe ser normal. Has pasado una noche de perros. Tu cuerpo necesita activarse. Tomémonos un tiempo y todo será como antes».

Pero pasaron los minutos y la situación no mejoraba. Ahora estaba preocupado de verdad. ¿Y si le había dado una parálisis en el peor momento?

Era sábado por la mañana, el primero de un puente de cinco días. Su novia se había largado con poca pinta de querer volver, su familia vivía a cientos de kilómetros y sus amigos se habían quedado con la idea de que pasaría unos días de asueto en pareja y, por supuesto, no le molestarían.

Cuando más desesperado estaba, escuchó la puerta de la calle. «Es ella, sí, estoy salvado», gritó sin emitir sonido alguno.

Oyó sus pasos aproximándose. Incluso percibió su perfume, cerca, muy cerca de él. No podía verla porque sus ojos seguían tercamente cerrados, pero sabía que estaba allí, a su lado.

Deseaba tanto disculparse, decirle que todo había sido una cabezonería por su parte, que siempre reaccionaba mal, que lamentaba ser tan animal, que le perdonara, necesitaba que le perdonara.

«Pero ¡por Dios!, ayúdame. ¿No ves que estoy paralizado?». Lamentablemente para él, su inactividad corporal iba acompañada de una hiperactividad mental que le torturaba más que lo ayudaba, dado que nada de lo que llegaba a pensar parecía serle de ayuda.

En un momento, sintió como ella se agachaba, se acercaba a su cara, podía olerla tan cerca, tan tan cerca…

Quiso respirar más fuerte, para que se diera cuenta de que algo iba mal, para que se pusiera en alerta de una vez, ¡para que llamara a una ambulancia, por todos los demonios!

Pero los pulmones tampoco estaban por la labor de respirar más que lo necesario. Ni más ni menos. Alardes, los mínimos.

Quiso tranquilizarse. Seguro que ella se quedaría. Pensaría que estaba dormido. Había pasado una noche tan terrible como la suya, pero había pensado que le quería, a pesar de todo, y por eso había vuelto y esperaría a que despertara. Le echaría la bronca de rigor, pero estaría a su lado, como siempre. Y todo se resolvería.

Pero cuando escuchó el sonido de unas llaves golpeando la mesilla y los pasos de ella alejarse del cuarto, volvió a intentar gritar inútil y desesperadamente. «No te vayas, ¡¡estoy aquí!!».

Olfato

Estoy muy orgulloso de mí mismo. He logrado dejar de fumar. Y no era sencillo, que mis dos cajetillas diarias me tenían en un estado de dependencia absoluta.

Fumaba sin sentido, consciente de que la mayoría eran cigarrillos innecesarios, no había ni ganas ni placer en el hecho de fumarlos, pero seguía haciéndolo, igualmente. Pero, por fin, gracias a un moderno método que cuesta una pasta y con el que te quitan la tontería, podré disfrutar de los placeres de la vida. Al menos, eso es lo que reza la publicidad de la clínica a la que he ido tres veces por semana desde hace unos meses.

No quiero darles la razón abiertamente —que luego se crecen—, pero desde casi el primer día comencé a notar ciertas diferencias en la percepción que tenía de mi alrededor y he de reconocer que me gustó lo que sentí.

Para empezar, mi ropa no parecía salida de una noche de San Juan. Pero del mismo centro de la hoguera, como si fuera el encargado de que no muriera el fuego en ningún momento.

Mi boca no era un cenicero andante, apreciaba mucho más los sabores de las comidas (¡algunas incluso me sabían, a diferencia de antes!) y ya podía sonreír abiertamente porque, aparejado al proceso de abandono del tabaco (tirando la casa por la ventana), me habían regalado un blanqueamiento dental, que me costó otra pasta, todo sea dicho.

Y el olfato. Sobre todo, el olfato. ¡Madre mía, qué diferencia! A veces me recordaba al protagonista de *El perfume*, con una memoria olfativa sublime y un afán enfermizo por captar olores nuevos.

Ese era el nuevo yo, alguien en busca de los aromas que me había perdido en mi ya dilatada vida. Increíblemente, descubrí que, en lo más profundo de mi disco duro, tenía un almacén de olores de mi vida pretabaco que, en estas nuevas circunstancias, comenzaba a reconocer de nuevo. Incluso, potenciados, distintos, como si me dieran la bienvenida a mi estado de liberación actual.

Animado por los avances logrados y a la vista de que no solo la dependencia física del hábito había casi desaparecido y mi capacidad pulmonar se había recuperado notablemente, me decidí a comenzar a correr. Una carrerita mañanera tendría que sentarme fabulosamente.

Mil veces me imaginaba moviendo rítmicamente los brazos, aspirando y expulsando el aire sin dificultad y, por qué no, sintiendo los calambres en los cuádriceps por efecto del ácido láctico producido por el ejercicio.

Cuando salí por primera vez, aún no había salido el sol, pero la oscuridad no era total. Las calles estaban en silencio, los vecinos de mi barrio, uno de esos residenciales donde cada cual quiere saber del otro lo menos posible —yo, entre ellos—, despertando o en medio del desayuno. Y, lo mejor de todo, los olores del mundo comenzando a explotar.

Me gustó pasar junto a los setos de arizónicas, con ese toque agresivo en su aroma, pero fresco, de plena naturaleza.

Algunos vecinos habían cortado el césped recientemente y el rocío de la mañana combinaba perfectamente con las briznas de yerba que se amontonaban en los rincones de varios de los jardines.

Incluso, al pasar por un contenedor, volví a recordar el intenso olor que tuve que soportar tantas veces, hace tantos años, cuando mi hijo pasó del pecho de su madre a comer sólido.

Sin embargo, también percibí un olor que no me gustó. Uno intenso, desagradable, terrible. Busqué entre mis recuerdos para tratar de identificarlo. Busqué y busqué, pero me costaba dar con el recuerdo adecuado. Hasta que lo encontré.

Era el olor de mi abuelo en su lecho de muerte. Pero esta vez no venía solo. Mi recién estrenado nuevo sentido del olfato no estaba tan entrenado como para descifrar a la primera mezclas de olores y me llevó más tiempo. Y me desagradó enormemente descubrir que el olor con el que venía intrínsecamente mezclado era el mío propio…

Desde el sótano

De niña pasé muchas horas aquí. El frío y la oscuridad perviven desde entonces. Y el hedor.

A pesar de los años, sigue rezumando esa sensación de ahogo; la pesadez, de losa, que me aplastaba entonces me asalta ahora y me falta el aire.

Recuerdo que, mientras sufría en el sótano un castigo por la eventual razón que se le ocurriera a mi padre, oía las risotadas de mis hermanos en el piso de arriba, la planta de los que no necesitan pedir perdón, jugando, divirtiéndose, viviendo una existencia sin preocupaciones.

He llorado mucho mientras dirigía la mirada hacia lo alto de las escaleras, con la esperanza de ver que, aunque solo fuera por una vez, apareciese el rostro de mi madre para asegurarme que todo era una broma, que papá no estaba enfadado conmigo porque, en realidad, no había hecho nada malo.

Pero mamá nunca apareció.

Tal vez estuviera acurrucada en algún lugar de la casa, no lo sé. Pero tengo la sensación de que eso consiguen que hagamos. Logran que nos carguemos de una culpa que nos es ajena, pero que adoptamos como propia, que nos sintamos indefensas, la diana donde dirigen sus dardos; consiguen que consideremos pasar desapercibidas como la mejor opción.

Conseguí escapar de esta casa cuando menos lo esperaba y pensé que mi futuro se aclararía. Creí entonces que había dejado en ese sótano las penumbras más terribles. Pero el mundo al que me lancé enseguida me hizo ver que el sótano iría conmigo allá donde fuera.

Fui menospreciada, ninguneada, agredida de mil maneras. Cientos de duplicados de mi padre se empeñaban en dejarme claro que no era nadie.

No tengo ni la menor idea de cómo sobreviví a todo eso, lo juro. Incluso hoy me cuesta desembarazarme de la sensación agónica, mezcla de culpabilidad y resignación, de la que me sentía cubierta, de arriba abajo.

Tal vez me ayudó pensar que mujeres que han dejado huella en la historia fueron obligadas a casarse contra su voluntad, forzadas, violadas, esclavizadas, aplastadas y, a pesar de sus infiernos personales, consiguieron ser científicas, filósofas, políticas Lograron demostrar su valía sin importar su condición de mujer. O, quizás, a pesar de ello.

Ahora, soy dueña de mi vida, dueña de mis éxitos y mis fracasos. Y, tras grandes esfuerzos, dueña, por fin, de esta casa que he mandado reducir a escombros.

Sótano incluido.

Pompas

Cuando un día cualquiera amanece como aquel domingo, la gente sale irremediablemente a la calle, a disfrutar del sol recién estrenado, de la brisa que trae recuerdos del mar cercano, del trasiego de paseantes, deportistas, familias y animales domésticos desenfrenados y del espectáculo de colores y aromas que regala la naturaleza.

Como si se tratara de un cuadro viviente y yo de su particular admirador, me paré en medio del parque, tratando de captar cada detalle, con ansia por no perderme ni uno solo.

Decenas de conversaciones se mezclaban; destacaban gritos de vendedores de globos, empeñados en hacer su agosto aprovechando el capricho insaciable de los niños; ocasionalmente, asomaban ladridos de perros juguetones, reclamando a sus dueños su dosis de actividad; o el picoteo que, al correr, producían sobre el pavimento aficionados al ejercicio mientras esquivaban al resto de personas en el parque.

Toda una sinfonía de sonidos aderezada por un no menos nutrido acompañamiento de fragancias.

Castañas asadas, manzanas caramelizadas o palomitas de maíz rivalizaban con sus aromas con los mejores perfumes que, no podía ser de otra forma, complementaban las mejores galas con las que la mayoría de los viandantes habían salido de sus casas. Y el mar, que lo empapaba todo, que lo impregnaba todo, dejando en el aire una sensación de aventura en medio del más bravo oleaje, despedazando hasta el recuerdo de cualquier otro olor.

Evité que mi paso fuese apresurado, aunque me costó, dada la maliciosa inercia cotidiana que luchaba por arrastrarme.

Dejé que las sensaciones me dominasen, que me invadiesen por los ojos, la piel, los oídos, y me sumergí en una paz jamás vivida antes.

En medio de tan bucólica escena, me topé con uno de esos artistas callejeros que tanto nos asombran por su peculiar dominio de alguna habilidad que al resto de mortales nos resultan sueños inalcanzables.

Hacía flotar, con maestría, unas varas unidas por cuerdas que, tras ser hundidas en un líquido espumoso y movidas con suavidad pero destreza en el aire de la mañana, producían un sinfín de pompas, de diversos tamaños, ansiosas por alcanzar el cielo lo más rápidamente posible, antes de que explotaran fruto de la persecución de niños —y no tan niños—.

Resultaba hipnotizador el espectáculo, no solo por las formas caprichosas de las burbujas que parecían surgir mágicamente del artilugio del artista, sino por la cómplice colaboración entre el líquido jabonoso y la luz de la mañana, capaz de crear abanicos de colores sobre la superficie frágil de cada pompa.

Estaba fascinado, extrañamente atraído por aquel fenómeno.

Sin apenas ser consciente, me vi encaminando mis pasos hacia aquellas pompas, hasta que me di de bruces con una enorme, en cuyos límites brillaban colores malvas, amarillentos y anaranjados.

Extendí el brazo, deseoso de entrar en contacto con aquella maravilla, pero a la vez temeroso de ser el causante de su destrucción. Sin embargo, para mi sorpresa, la pompa pareció abrirse lo suficiente, sin quebrarse, para dejar paso a mi mano, cerrándose posteriormente en torno a mi muñeca.

No fui el único asombrado, pues el resto de espectadores, y muchos advertidos por los primeros que antes no prestaban atención al espectáculo, demostraban con sus gritos y aplausos sentirse encantados por la rareza.

El artista, pendiente más del vuelo de las nuevas burbujas y el proceso de creación de las remesas por venir, no se percató de la maravilla. Imaginaría que los aplausos, espontáneos, pretendían recompensar su habilidad. No obstante, cuando la pompa, al aproximarse a mi otro brazo, succionó también la mano que tenía libre, dejando ambas como a la vista en un escaparate, nuestras miradas se cruzaron y, mientras los vítores de la gente iban en aumento, solo nosotros dos fuimos conscientes de lo imposible de la situación.

Debió leerme el temor en la cara, especialmente cuando, aunque levemente, mis pies se despegaron del suelo, porque soltó las varas, que cayeron al suelo ruidosamente. Pero, como yo, fue incapaz de reaccionar.

Tampoco lo hizo en el momento en que la pompa se apoderó de mis piernas, primero, mientras subía unos metros; ni cuando envolvió después, poco a poco, mi cuerpo, dejando solo al aire mi cabeza.

El regocijo entre la audiencia era enorme; el griterío, ensordecedor; los aplausos resonaban y llenaban el ambiente; las miradas nos buscaban alternativamente al artista y a mí, convencidos como estaban de que se trataba de un truco acordado previamente.

Quise gritar, aprovechando que aún tenía la cabeza fuera de la enorme pompa, pero ningún sonido salió de mi garganta.

Con mi vehículo involuntario fui tomando altura, más y más rápidamente, hasta que las personas allá abajo parecían manchas en una piel poco acostumbrada a tomar el sol.

Llegaban a mis oídos las palmas, los gritos de admiración, las risas de la más pura diversión, pero cada vez más lejanas.

Hasta que desaparecieron, una vez la burbuja me rodeó por completo.

Fuego

La encontraron con una carta arrugada entre las manos temblorosas. El llanto era seco, ante la ausencia ya de lágrimas. El agente le dedicó unas palabras amables que no fueron escuchadas y recogió, como pudo, el trozo de papel.

La letra era firme y segura, la de una persona que sabía lo que hacía. Sus trazos alargados, estirados, altivos eran como un fogonazo, como los fuegos artificiales de fin de fiesta.

Ni siquiera su propia madre se imaginaba lo que le rondaba la cabeza, el sufrimiento que le atormentaba. Los secretos son termitas que devoran todo por dentro sin que nada se vea por fuera. Él estaba lleno de secretos y no le quedaba ya nada que devorar.

Lo peor de todo es que sabía que algún día llegaría ese momento, él sabía que era un perdedor antes siquiera de empezar el juego. Sabía que en el instante en que llegara el primer conquistador plantaría su estandarte en la ventana de la doncella y ya no podría, no sabría ella mirar otros ojos, no sería capaz de reírse con otras palabras que no fueran las del intruso, pues eso era, eso lo eran todos.

El dolor debía ser intenso, pues amar sin ser correspondido, sin poder serlo jamás, es como un ascua que enciende las entrañas hasta consumirlas.

Así, hueco por dentro, no le quedó otra salida. Lo anunció todo en su carta.

El fuego lo purifica todo. Un amor imposible, una casa, un vecindario, una ciudad. Las llamas aún se veían a lo lejos.

٣

Los prismáticos

Tenía que ser un virus quien consiguiera lo que yo llevaba intentando mucho tiempo sin éxito, quedarme en casa sin ir al instituto.

Con el primer picor en mi cabeza, mi madre se llevó las manos a la suya. Enseguida el pecho se me fue plagando de puntos rojos que picaban como un demonio. Recuerdo que llegué a hacerme sangre en algunos, tan fuerte como me rascaba.

El diagnóstico del médico no dejaba dudas: varicela. La palabreja alarmó a mi madre y me alegró a mí a partes iguales. Podía contar con unos cuantos días sin clases. Con picores, pero sin clases. Una cosa compensaba la otra con creces.

Podría hacer lo que quisiera, habida cuenta de que mi padre estaba casi todos los días de viaje y mi madre trabajaba, por lo que solo una señora que ayudaba en casa lavando, planchando y esas cosas estaría al cargo de vigilarme. Pan comido.

Los dos primeros días, no obstante, no fueron tan agradables como suponía. Los picores resultaban insoportables y me impedían hacer o pensar en otras cosas.

Sin embargo, a partir del tercer día podía pensar en disfrutar de mi tiempo. Los síntomas iban remitiendo, pero la enfermedad estaba aún en un estadio de potencial contagio, lo que me obligaba a permanecer en casa unos días más.

Mi cuidadora prestaba más atención a las labores de la casa que a mí, lo que agradecí enormemente y era altamente beneficioso para mis propósitos de hacer de mi capa un sayo. Después supe que, aunque suene raro, ella no había pasado la varicela cuando era niña y se cuenta que si la pasas de adulto las consecuencias pueden ser más graves, lo que explicaba que hiciera lo imposible por evitar cruzarse conmigo.

Cansado ya de estar en la cama, comencé por investigar dentro de mi propio cuarto para ir descubriendo cosas que ni recordaba que estuvieran allí. Unas zapatillas del año pasado, curiosamente las que más me gustaban y que había lanzado al olvido con la facilidad con que uno se deshace del papel de un caramelo; las colecciones de libros infantiles que ya había superado; peluches, sonajeros, chupetes de cuando era todavía más pequeño. En definitiva, nada interesante por lo que mereciera la pena consumir el preciado tiempo que me había encontrado de repente.

Con sigilo, abrí la puerta de mi dormitorio. Saqué la cabeza y husmeé la posible presencia de Manuela, que así se llamaba la cuidadora, a un lado y otro del pasillo que cruzaba la casa. Aquel pasillo parecía una carretera de montaña, con una pared a un lado y las distintas habitaciones, a modo de peligroso barranco, al otro. La cosa iba bien, la enfermedad empezaba a dejarme usar la imaginación.

Para evitar hacer más ruido del necesario, salí al pasillo descalzo.

Al pasar delante de la cocina, vi la espalda encogida de Manuela, que estaba echada sobre la encimera cortando unas zanahorias para la comida, y sin dejar de mirarla, ralenticé mis pasos para ser aún más cauteloso, con lo que atravesar la puerta de la cocina me llevó más tiempo de lo esperado.

Sabía que las cosas interesantes debían estar en el cuarto de mis padres, y allí fui. Pasado el salón y el único baño que teníamos, llegué a su dormitorio.

Estaba todo ordenado. Mis padres son muy o
me esperaba encontrar su habitación de otro modo. ↓
por este detalle, mis «investigaciones» debían hacers↓
cuidado porque el más mínimo signo de haber estado ↓ ₀ando
en sus cosas supondría un castigo seguro.

Pensé en revisar la cómoda, pero abandoné la idea. Sabía
que mi padre apenas la utilizaba y encontrarme ropa de mujer
no me aportaba nada.

Abrí el armario. A simple vista, me encontré los trajes de mi
padre, ordenados, cómo no, por colores. Junto a ellos, las camisas,
también agrupadas convenientemente. Abajo, los zapatos, todos
pulcramente cepillados. Corbatas, cinturones y demás comple-
mentos completaban el guardarropa.

Miré arriba. Un maletero coronaba el armario. Arrimé la
silla que mis padres tenían junto a la ventana y me subí en ella.
Me costó alcanzar el tirador del maletero, pero al fin lo conseguí.
Tiré de él y las puertas se abrieron.

Había varias cajas etiquetadas, colocadas como un puzle, sin
dejar un hueco libre. Y delante de las cajas, el objeto que andaba
buscando: los prismáticos.

Recordé las batallas que contaba mi padre sobre su servicio
militar en Tánger. Recuerdo que comentaba que se había llevado
unos prismáticos del cuartel, pero no le creía, pensaba que era
una fanfarronada de las suyas, que se las quería dar de interesante
delante de mí, nada más.

Me alegré de haberme equivocado.

Pensé en usarlos allí mismo y mirar desde la ventana de la
habitación de mis padres, pero bastaba que hiciera eso para que
apareciera Manuela, me sorprendiera y se me acabara el jue-

guecito. El lugar más seguro era mi cuarto, donde su miedo a contagiarse me proporcionaba el refugio perfecto.

Con el mismo cuidado que empleé en llegar al otro extremo de la casa, deshice mis pasos y en un santiamén estaba cerrando por dentro la puerta de mi dormitorio.

Me subí a la cama, que descansaba justo debajo de la ventana, descorrí las cortinas y me coloqué los prismáticos en posición tan militar como me podía imaginar a mi edad.

Sentí la excitación de tener en mis manos un tesoro, algo que me permitiría ver sin ser visto. A mi edad, eso era un sueño hecho realidad.

Al principio, me costaba enfocar bien, y seguir a la gente que se movía por la calle me resultaba difícil. Lo achaqué a que, desde un quinto piso como el nuestro, las personas allá abajo parecían hormigas y era complicado fijar bien el objetivo.

Con la práctica lo fui logrando y comprobé cómo se distinguían hasta las facciones de las personas en la acera con aquellos prismáticos. En silencio, sonreí y agradecí a mi padre su osadía por haber sustraído aquella joya de su cuartel.

Seguir a los que caminaban por la acera o se subían al autobús o entraban en las tiendas acabó por cansarme. Me apetecían emociones fuertes y la gente, por lo general, no hace en público nada de lo que se pueda arrepentir y pueda alimentar la imaginación de un espía.

Fui levantando progresivamente los prismáticos en dirección a los distintos pisos del edificio que tenía enfrente. Sus más de diez pisos y sus numerosas ventanas seguro que me proporcionaban suficiente material para pasar el tiempo de la mejor manera.

Hablando de tiempo, no podía dejar de estar alerta. Sobre las seis de la tarde, al menos uno de mis padres aparecería por la puerta y los prismáticos debían estar colocados en su sitio para entonces.

Cuando me quise dar cuenta, Manuela estaba tocando con los nudillos en el marco de la puerta para que saliera a comer algo que me tenía preparado. La obsesión de la cuidadora en ni siquiera cruzarse conmigo hacía que la situación se pareciese más al encierro de un preso, al que se le tira la comida para evitar el contacto físico, que a un desgraciado y circunstancial aislamiento por enfermedad. Antes de salir, tuve unos segundos para echar un último vistazo a las ventanas que elegí al azar frente a mí.

Una chica joven parecía estar en una situación como la mía. Si no, no se explicaba que estuviera en casa por la mañana. Estaba leyendo, aburrida, con la mano izquierda sosteniendo la cabeza, que, de otro modo, estaría sumida en un profundo sueño. Podía ser de mi edad. Le grité mentalmente para que se girara, para que me mirara, para que viera que compartíamos soledad y aburrimiento. En la distancia quise entablar amistad con ella. Pero no se giró. Mantuve un par de minutos la mirada clavada en la chica, pero su inmovilidad le restó interés.

En el último giro de la vista antes de salir a por la comida, vi en otra ventana a un hombre con barba, una barba poblada, pero con la cabeza rapada, lo que no dejaba de ser un contraste, gritando en dirección a alguien

Fingí sentirme peor de lo que estaba para dejar pronto el plato y volver a mi entretenimiento, y así lancé un grito —con un tono lastimero, para reforzar la actuación— que pudiera ser oído por Manuela, para advertirla de que me volvía a mi cuarto.

Salté sobre la cama de nuevo lo más rápido que pude, con los prismáticos bien agarrados entre las dos manos.

La chica ya no estaba, pero el hombre de la barba seguía allí. Seguro de que podía contar con ese hombre cuando quisiera, eché un vistazo al resto de ventanas por si veía algo interesante, por si alguna otra presa requería mi vigilancia inmediata. En la segunda planta, una pareja parecía estar bailando y acabaron abrazados y besándose antes de salir de su cuadro de visión. Un poco más a la izquierda de estos, un chico parecía recitar, sostenía un libro en una mano y gesticulaba con la otra. En el piso de arriba, una mujer pasaba el aspirador.

Volví a pasar por la ventana de los enamorados por si me ofrecían algo más suculento, pero habían corrido las cortinas.

Por desgracia, la mayoría de las ventanas permanecían con las cortinas echadas evitando miradas indiscretas como la mía.

No parecía tener suerte y mi preciado tiempo se esfumaba con escenas insustanciales cuando había imaginado ver un sinfín de situaciones emocionantes que pudiera compartir en el instituto. Incluso había soñado con presenciar algún delito, como en aquella película de suspense, que me convirtiese en alguien famoso.

Dirigí los prismáticos de nuevo hacia la ventana donde había visto al hombre de la barba. Entraba y salía del cuarto y no dejaba de gritar cada vez que aparecía en escena. Era capaz de ver cómo se le hinchaba el cuello a cada grito y se le encendía la cara, tal era la rabia que transmitía. Supuse que aquel hombre sería el único que me daría motivos para no dejar los prismáticos.

Tenía curiosidad por ver a quién gritaba, pero nadie más asomó a la vista.

Un par de veces torció la cara hacia la ventana y me dio la sensación de que me veía, por lo que me tiré a la cama para evitar ser descubierto. Una vez tumbado en la cama, me di cuenta de lo irracional de mi actitud, era imposible que me viera desde tan lejos, ya que los dos edificios estaban separados por toda una avenida de cuatro carriles. Es increíble cómo la mente puede jugarte esas malas pasadas y hacerte olvidar lo que es obvio. El miedo es más poderoso que la lógica, y la posibilidad de haber sido descubierto en mi espionaje me nubló el pensamiento.

Justo cuando iba a devolver los prismáticos a su lugar, vi aparecer a la destinataria de los gritos del hombre de la barba. Era alta, pelirroja e increíblemente guapa. Me extrañó que alguien con esa belleza pudiese estar —así me lo imaginé— con un hombre como aquel. Él era rudo y sin modales, al menos eso me parecía, y me imaginaba en ella una delicadeza fuera de lugar en ese piso.

Me pasé el resto del día y toda la noche deseando volver a coger los prismáticos. Confiaba que aquella pareja tan extraña montara alguna otra escena que mereciera la pena espiar. Pensé que, incluso, él podría pegarle. Sí, sería un mal trago para la chica, pero me daría la oportunidad de quedar como su salvador, como todo un héroe, y no tendría más remedio que agradecerme la ayuda. Y se me ocurría una buena forma de que lo hiciera, sí, señor.

Lo cierto es que, por encima de lo que pudiera llegar a ver, el morbo de espiar sin ser visto era suficientemente excitante. Tanto que casi se me habían olvidado los picores propios de la enfermedad que estaba pasando. Una enfermedad cuyos síntomas, de hecho, iban remitiendo, lo que me daba ya muy poco tiempo más para continuar con mi diversión. Los puntos se convertían paulatinamente en costras que anunciaban la fase final de la enfermedad.

Tal vez ese fuese el último día.

Rogué por dar con algo sustancioso que llevarme a la vista. No me anduve con rodeos y dirigí los prismáticos a la ventana de la extraña pareja. Me felicité de encontrarla con las cortinas descorridas.

Tuve que esperar unos minutos hasta volver a ver a la pelirroja. Llevaba una camiseta ceñida, lo que acentuaba aún más la atracción que comenzaba a sentir por ella. Sostenía una taza en una mano. Daba sorbos cortos, quizás por la temperatura de la bebida. En un momento dado, dejó la taza sobre una mesa y siguió mirando por la ventana.

No me cansaba de mirarla. Era guapísima. Fui moviendo los prismáticos para no perder detalle de sus labios; de la lengua, que aparecía fugazmente para recuperar alguna gota perdida de la bebida; de su nariz, ni grande ni pequeña, perfecta; de sus ojos, claros, no alcanzaba a distinguir el color Me parecía estar disfrutando de un cuadro de un pintor afamado.

Reduje los aumentos de los prismáticos para captar la escena más completa y la observé, con una mano apoyada sobre el cristal y la mirada (¿triste?) cayendo al vacío desde la ventana.

De repente, un gesto de sorpresa se dibujó en su boca. Los brazos se contorsionaron como para buscar algo en la espalda. Me alarmé de verdad cuando vi aparecer una mancha creciente de un rojo intenso —ese color sí lo distinguí— en la parte delantera de la camiseta de la chica.

Pareció pasar una eternidad hasta que se desplomó al suelo, descubriendo entonces al hombre de la barba, que estaba tras ella. Este agachó la cabeza hacia donde supuse que estaba la chica tirada y se quedó mirando sin hacer nada más, lo que transmitía una frialdad que erizaba el vello en la piel. Después, corrió las cortinas.

El corazón me iba a mil por hora. Pensé en llamar rápidamente a Manuela, a mi madre, a mi padre, a la policía, a todos, a pesar de tener que desvelar, con ello, mi pequeño secreto con los prismáticos. No sabía qué hacer. Lo cierto es que tampoco era tan mayor como para saber qué hacer.

Solo se me ocurrió volver a mirar. Ajusté los prismáticos y los dirigí hasta enfocar mi objetivo.

Las cortinas volvían a aparecer descorridas, pero no había rastro del hombre de la barba. De repente, apareció por la puerta que estaba al fondo de mi campo de visión. Llevaba algo en la mano, colgando pegado a la pierna.

Vi cómo se acercaba a la ventana y levantaba la mano a la par que elevaba la otra para coger con firmeza lo que traía.

Me horrorizó observar cómo se colocaba unos prismáticos frente a los ojos y fijaba a los pocos segundos la mirada hacia mi ventana.

El pánico no me dejaba moverme.

Le vi levantar una mano, como saludando, y le vi sonreír. Me sonreía

La excitación de observar a buen recaudo de las miradas de los otros se había hecho pedazos y en su lugar se había apoderado de mi pecho la certeza de sentirme presa de mi propio juego.

Tenía la sangre helada en las venas.

El hombre de la barba poblada desapareció de mi vista, pero ni así fui capaz de moverme. Inquieto por saber dónde podía estar, un pensamiento se me reveló con lucidez y pensé que sería mejor dirigir los prismáticos a la puerta de su edificio, por si decidía salir. En ese caso, sí habría que preocuparse.

Me temblaban las rodillas mientras vigilaba la enorme puerta metálica que daba acceso al edificio.

Casi me desmayo cuando lo vi salir, cruzar la avenida, sin importarle el tráfico y dirigirse a nuestro bloque.

No sabía dónde esconderme. Se apoderaron de mí los nervios, pero no tanto como para no salir de la habitación sigiloso —todo lo sigiloso que me permitía el pánico— y dejar los prismáticos en el armario de mi padre. Siempre podría decir que yo no había visto nada. No dejaba de ser un crío, al fin y al cabo, y un chico de mi edad no podía ser una preocupación para alguien como el hombre de la barba.

Pensé, ahora sí, en llamar a mis padres, pedirles ayuda, suplicarles que vinieran. Pero dudé. Tal vez todo tuviera una explicación nada macabra y ese hombre solo quería llamarme la atención por espiar a la gente. Quizás había creído ver algo que no había pasado. A lo mejor la mancha que vi era tomate o pintura. Podía ser cualquier cosa. Anhelé que fuera cualquier cosa menos lo que me parecía, quise convencerme de que no había visto lo que creía haber visto

El silencio me martilleaba las sienes mientras esperaba que algo pasara.

Cuando sonó el timbre de mi puerta, deseé no haber tenido que faltar al instituto todos esos días

No dejes de estar alerta

—Buenas noches y bienvenidos una vez más a su programa, *A solas*. Como siempre, en las dos próximas horas intentaremos hacerles sentir como en casa. Queremos compartir con ustedes nuestros instantes más íntimos y que ustedes nos permitan acercarnos a los suyos.

Con un gesto indica a su ayudante que eleve la música. No es posible verlo a través de las ondas, pero el estudio está saturado por su perfume, el único recuerdo de su último amor, pasajero, como todos en los últimos años. Con pareja o sin ella, su forma de vestir es siempre muy parecida. Abundan las camisas desabotonadas hasta niveles altamente provocativos, como la de hoy, de un verde pistacho de por sí suficientemente atrayente. No sabe lo que es un pantalón, pues parece haber nacido con falda, minúscula, a poder ser. Y siempre se escucha el taconeo de alguno de sus innumerables zapatos de tacón, abrillantados hasta el extremo. Ese aspecto es lo primero que les atrae a los hombres de ella. Y lo que acaba por alejarles.

—Demos paso a la primera llamada. Adelante, le escuchamos.

—Hola, Estela, buenas noches.

—Buenas noches. Díganos su nombre, por favor. Resulta más sencillo si nos conocemos primero, aunque sea a distancia.

—Preferiría no decirlo. Solo quería llamar, hablar contigo…

—Está bien, si ese es tu deseo. Puedo tutearte, ¿verdad? Aunque no conozca tu nombre.

—Por supuesto, puedes tutearme. Y, sí, conoces mi nombre.

Unos segundos de desconcierto. Miradas a derecha e izquierda en busca de más información, pero nadie es capaz de darle. Ahora solo le queda sacar a relucir su profesionalidad, sus muchas horas de vuelo.

—¿Qué haces ahora? ¿Estás en casa? Cuéntanos, charlemos un poco.

—Estoy en casa, sí, al menos antes lo era. Veía la tele, haciendo tiempo hasta empezar a oír tu programa. Siempre lo escucho, ¿sabes?

—Me alegra oír eso. Cada día salgo de casa con la esperanza de escuchar algo así.

—Y para eso dejas a tu hijo en manos de una niñera distinta cada semana, ¿no es así? La de hoy no parecía muy buena en su trabajo. Se enfadó mucho cuando le pedí que se fuera.

Unos segundos de mayor incertidumbre y de nuevo aquella voz que ya ha perdido la inseguridad del principio. Sin vacilaciones.

—No es tan pequeño como para no darse cuenta de tus constantes ausencias, querida. Y sabe que no siempre vas a trabajar, no siempre.

Aunque todo el mundo sabe que tiene un hijo, las palabras de aquel desconocido (¿lo es en realidad?) le suenan a algo más, como si supiese todo acerca de ella, acerca de su mundo. Además, le intriga lo que ha dicho sobre la niñera de hoy. Si pretende asustarla, lo está consiguiendo. Quiere desviar la conversación para disipar sus miedos, cada vez mayores, pero se equivoca.

—¿Es Strauss eso que suena? Es curioso. Yo tengo un disco de Strauss…

—¿El que había junto a la chimenea? De ahí lo he cogido, sí.

Se le va escapando el color de su rostro porque el miedo se lo está arrebatando, se lo está robando con descaro.

—¿Callas ahora? Nunca lo has hecho. Todo lo contrario, siempre has hablado mucho, demasiado. No es extraño en personas tan egocéntricas como tú. Cuando el mundo gira en torno de uno es aburrido prestar atención a los demás.

—¡Basta ya! Esto está siendo una broma muy pesada y creo que vamos a dar por terminada esta conversación.

—Muy típico de ti. Así acabó todo. Una simple palabra tuya y todo se va al traste. No importó el daño que me hiciste, no importó que destrozases mi vida. Eso nunca importa. Solo importas tú.

—¿Daniel? ¿Eres tú?

—Sí, Estela, soy yo. He vuelto.

Se oyen de fondo unos ruidos apenas reconocibles.

—Discúlpame ahora. Tu hijo está llorando. Adiós, Estela.

Nunca hemos sido nadie

Abrió la puerta de su casa con una amplia sonrisa en los labios. La noche había ido bastante bien, sí, señor. A pesar de los años, su atractivo seguía siendo evidente. Resultaba obvio que gustaba a las mujeres.

Mientras se miraba en el espejo del baño, aún con la sonrisa en la boca, pensó que no era extraño que les gustara. ¡Él mismo se gustaba, qué demonios!

Se atusó el pelo, algo cano por encima de las orejas, se tocó con suavidad la nariz, la piel de las mejillas, los labios, como comprobando que todo estaba en su sitio.

Se alisó el carísimo traje que llevaba, se colocó el nudo de la corbata e hizo lo mismo con los gemelos. Se miró las uñas, impecablemente cuidadas, las palmas y los dorsos de las manos, suaves y sin arrugas.

Iba a continuar con su revisión habitual cuando le pareció apreciar una pequeña mancha en la muñeca izquierda. Una línea muy delgada. Negra.

La frotó con el dedo, con fuerza, para intentar borrarla. Pero no era una mancha.

Con la fuerza del roce, lo que parecía una simple raya se convirtió en un corte que se fue abriendo.

Estaba desconcertado. Ahora que lo pensaba, no recordaba haber tenido nunca en su vida ningún corte, ninguna herida.

Se movió, indeciso, por toda la casa en busca de algo que tapase aquello, pero no sabía qué le podía ser útil.

Presa de los nervios, salió a la calle, pero volvió enseguida. Aunque hubiera tenido frente a sus narices el lugar idóneo para arreglar el desaguisado no lo habría identificado. ¡Si ni siquiera sabía qué buscaba, por Dios bendito!

Muerto de miedo, notaba cómo perdía la visión en ciertos momentos y una neblina cómo de televisor sin sintonizar cubría sus ojos.

Corrió al baño y lo que vio le hundió aún más. Los cortes se estaban extendiendo y ya no solo estaban en las muñecas. Tenía también por la cara y el cuello.

Por primera vez en su vida desvió la mirada de su propio rostro reflejado en el espejo. Cabizbajo, se apoyó con ambas manos en el borde del lavabo.

Una gota negra cayó en la pila blanca. Y luego otra. Y otra. Y otra más antes de que un hilo constante se deslizase hasta el desagüe.

Se armó de valor y volvió a mirarse. Parte de la cara estaba deshecha y creyó ver algo metálico bajo la piel deshilachada. Fue lo último que vio antes de sentir un chispazo en la espalda que le hizo caer al suelo.

Una hora más tarde, dos individuos uniformados y con un maletín en la mano entraron en la casa.

—¡Vaya! ¡Este sí que ha durado! Los modelos antiguos suelen cascarla antes, y después de tener un montón de averías. Sin embargo, este parece haberse conservado bien, ¿no crees?

—Ya lo creo. Pero todo llega, amigo. Venga, llevémosle al depósito.

Mientras los dos operarios le levantaban del suelo para llevárselo, un último punto de luz roja dominó sus ojos moribundos.

Patas peludas

Aquella maldita película estaba en boca de todo el mundo. Se hablaba de ella en cualquier parte de la pequeña ciudad, entre niños y no tan niños, en los bares, en las oficinas, en las tiendas. No habría estado bien que se hablase también de ella en las iglesias, pero bien sabe Dios que rondaba por esos sitios tanto como por el resto.

Y donde, desde luego, era tema favorito de conversación era en las funerarias del condado, que jamás se habían visto tan repletas de vivos como en aquellos días, a falta de muertos.

Parecía como si comenzase una especie de psicosis colectiva, como una marea de lava que fuera arrasando a su paso hasta la más minúscula brizna de hierba, tan devastadora se adivinaba aquella locura.

Las madres, siempre con el instinto protector más a flor de piel, tapiaron agujeros, sellaron entradas, fumigaron rincones, desinfectaron alcobas, salones, cocinas, pasillos, como queriendo evitar lo inevitable.

Los maridos, otras veces más propensos a protestar cada cosa que hiciesen sus esposas, guardaban un respetuoso silencio. Y ayudaban.

A nadie se le había escapado que parecía un documental más que una ficción cinematográfica. A nadie se le había escapado tampoco que las tardes frías que se relataban en la cinta eran sospechosamente iguales a las que ellos sufrían desde hacía años. Nadie dudaba de que fuera toda una cruel casualidad.

Y, como una premonición, como una cruel eclosión, fueron ocurriendo, uno por uno, los incomprensibles sucesos que detallaba la película. Primero fueron casos aislados, luego no lo fueron tanto.

Como en la peor pesadilla de Kafka, la ciudad fue mudando sus pobladores humanos hasta tener un auténtico ejército de insaciables patas peludas y colmillos afilados y del tamaño que anteriormente tuvieran sus antiguos dueños.

Acabaron siendo mayoría los apestados. ¿O era al revés? Al fin y al cabo, en una población de tarántulas el hombre es solo una molestia...

Dos es multitud

Quise demostrar a mi familia, a mis amigos, que era capaz de vivir sola. Y aunque me decían que estaba tardando mucho en encontrar una casa porque, según ellos, finalmente no sería capaz de liberarme de mi dependencia, yo sabía que aquello llevaba su tiempo. Tenía que estar segura.

Cuando subí por primera vez los escalones de la puerta principal de *mi* casa (¡qué bien sonaba aquel posesivo repetido una y otra vez!), sentí algo especial y la visita de la vendedora me la pasé imaginando qué pondría en este cuarto, de qué color pintaría tal salón, qué cuadros colgaría aquí y allá.

Durante los primeros meses, los más duros, no di importancia a las cosas que pasaban. El trabajo agotador amortigua cualquier otro aspecto de la realidad. Cada noche acababa rendida, tumbada sobre una colchoneta, lo único que tenía para dormir, sin apenas fuerzas para ponerme un pijama.

Pero ahora, cuando hago un esfuerzo de memoria, me doy cuenta de que siempre estuvieron ahí.

Los ruidos, los golpes, los crujidos.

Era una casa vieja y todo el mundo sabe que las casas viejas suenan, crujen, se lamentan a cada paso que das.

Cambié los suelos de madera por un gres más sufrido, como decía mi madre, y mucho menos escandaloso. Eso creía yo, porque los ruidos continuaron. Noche tras noche.

Luego llegaron las brisas que Dios sabrá de dónde venían.

Y hace una semana, cuando recorría un pasillo, medio dormida, medio aturdida, noté un roce en la mejilla. No le habría dado más importancia si no fuera porque se repitió, más intenso, dos o tres pasos después. Y volvió a repetirse. Se ha vuelto a repetir una y otra vez ese contacto físico con algo que no lo es.

Ahora sé que no estoy sola. Ahora estoy descubriendo sus historias, su pasado.

Se llama Laura.

Se ha empeñado en que no viva sola.

Dulce

Dulce no era su verdadero nombre. Tan solo era el nombre que, desde el primer momento, mejor encajaba para Daniel con la mujer de los lunes. Desgraciadamente, solo coincidía con ella ese día de la semana, desde hacía meses, mientras él esperaba el autobús y ella aguardaba pacientemente en una esquina a que su chófer la recogiera en su brillante Jaguar gris plata.

De inmediato, la primera vez que su mirada reparó en ella, empezó a admirar su elegancia, su serena belleza, su cabello largo y bien cuidado. Empezó a desear conocer más cosas de ella y, como no parecía fácil, se fue inventando mil historias en las que ambos eran protagonistas. Soñó con escuchar su voz, que imaginaba suave, pero con personalidad. Deseaba comprobar si sus ojos eran verdes, como él imaginaba. Deseaba rozar apenas su piel, sentir la eléctrica sensación que estaba seguro que provocaba su roce. Deseaba quedarse sin palabras frente a ella, notar el nudo en el estómago. Deseaba jurarle amor eterno.

Aquel lunes se decidió. Abandonó el refugio seguro de la marquesina de autobús y, muy lentamente, cruzó la calle sin dejar de mirarla. Su cabeza bullía tratando de ordenar la horda de frases que pensaba decirle.

Descubrió un lunar junto a su nariz, inapreciable desde la otra acera, su puesto de vigilancia natural. Le gustó, como todo en ella. Se hallaba en otro mundo, no escuchaba nada y no veía nada salvo a Dulce.

Tampoco vio al Jaguar que se abalanzaba sobre él sin control mientras Dulce lanzaba un aullido de terror.

Dicen que el conductor se distrajo solo un segundo.

También dicen que el pequeño jaguar erguido en el morro del vehículo abrió sus fauces en el instante del mortal impacto.

Agua

Abrió los ojos, sobresaltada. Prestó atención y volvió a oír aquel ruido. El suave golpeteo inicial se fue transformando en un murmullo, y este en una furia lejana. Aquello era muy confuso. Trató de incorporarse en la cama y buscó a su alrededor, pero no vio nada extraño, solo escuchaba un runrún acuoso que se acercaba. Llamó a su madre, primero casi en un susurro, después con un chillido de impaciencia.

Mientras el desconcierto se iba haciendo hueco en su ánimo, su cabeza, en plena ebullición, creía haber descubierto el motivo de aquel ruido. Volvió a gritar a su madre, esta vez pidiéndole, ordenándole que cerrara de una vez ese grifo o tendrían un disgusto. Pero no hubo ninguna respuesta. Al menos no de su madre, porque el agua, como si atendiera a la llamada, comenzó a aparecer por debajo de la puerta, extendiéndose muy poco a poco.

Volvió a llamarla, enfadada, casi enfurecida. Pero la furia se convirtió en temor cuando la puerta comenzó a ceder por sus goznes y chorros de agua empezaron a invadir la habitación. Y cuando la puerta salió despedida en mil pedazos, incapaz de retener por más tiempo la avalancha, fue el terror el que la atenazó.

Trató de moverse, pero su cuerpo pesaba mil toneladas. Después de muchos esfuerzos y otros tantos gritos pidiendo auxilio, solo consiguió caer pesadamente al suelo. El agua seguía su avance y parecía ir ocupando con rapidez el cuarto, provocando sonoros chispazos al alcanzar los enchufes, capaz incluso de levantar en vilo alguna que otra silla.

Sentada en el suelo, vio cómo el agua le iba devorando. La cintura, el pecho, los hombros, y cuando alcanzó la barbilla tomó la última bocanada de aire para lanzar el último alarido.

La cara de su madre fue lo primero que vio al incorporarse como un resorte en la cama. Le limpió el sudor frío y la tranquilizó. Todo había sido un mal sueño.

Unos pocos metros más allá, un grifo empezó a gotear.

Arde en el infierno

El calor era insoportable. El polvo lo confundía todo, el sol cegaba a cada paso y las gotas de sudor salado, que escocían al entrar en los ojos, lo nublaban todo aún más. Sentía la ropa pegada al cuerpo, empapado.

Se esforzó en mirarse las manos porque sentía un dolor intenso en los dedos, en las palmas, en las muñecas. Solo consiguió adivinar una inmensa mancha roja carmesí que escondía cada centímetro de piel. Pero no recordaba por qué se encontraba en esa situación.

Cerró los ojos, que volvieron a escocerle, para tratar de aumentar su concentración.

Estaba seguro de lo que había hecho dos días atrás, incluso el día anterior. Pero nada de lo que recordaba le llevaba a aquel lugar inhóspito, sin vegetación, sin un alma.

Aunque tuvo que desterrar este último pensamiento cuando, al girar la cabeza, un rostro cetrino apareció de repente junto a su hombro izquierdo.

Se tambaleó hacia atrás, de la impresión, a la vez que emitía un chillido agudo, casi infantil.

A pesar de su leve movimiento hacia atrás, aquella horrible cara continuaba a su lado. Podía ver su piel picada de viruela, sus ojos hundidos inyectados en sangre, sus agrietados labios, su pelo grasiento. Podía percibir el hedor de su aliento, algo lógico a la vista de la negrura de sus dientes.

—¿Quién eres tú? —se atrevió a decir, tras los primeros segundos de vacilación.

—Soy tu guardián. Tu guía espiritual, si prefieres.

—¿Dónde estoy? ¿Qué es este lugar? ¿Cómo he llegado hasta aquí?

—Demasiadas preguntas. No puedo ayudarte a contestar todas. Solo puedo decirte que a veces se cumplen los deseos.

Silencio.

—En ocasiones, la gente sacrifica lo que más quiere por conseguir algo que cree valioso. Tú hiciste tu elección. Y por eso estás aquí.

Como fogonazos, fueron apareciendo imágenes en su mente. Al principio eran irreconoçibles. Después fueron más claras.

La noche anterior necesitó cinco ginebras para ponerse a tono y tratar de encontrar el valor que creía necesitar.

—No era tan necesario. Tan solo tenías que expresar tu deseo en voz alta. Lo que habrías de dar a cambio estaba claro, ¿no crees?

Recordaba caminar con paso firme, a pesar del alcohol, mirando fijamente la espalda de su socio. Su antiguo socio, mejor dicho, el que le había arruinado, el que había hecho de su vida un auténtico infierno.

Recordaba esperar unos instantes tras de él, respirando agitadamente, apretando los puños hasta dejarse las marcas de las uñas en las palmas de las manos.

Y cómo él se giró, con esa estúpida sonrisa en los labios, con su actitud altiva de siempre. Se veía la lástima que sentía por él. Esa fue la chispa que encendió la mecha.

Gritó que desearía matarlo y que vendería su alma por verlo muerto.

A pesar de su estatura y su corpulencia, apenas se movió. Desde luego, no se defendió. La enorme sorpresa que reflejaba su cara parecía decir que bien le hubiera gustado, pero, simplemente, era incapaz. Algo le retenía, anclado al suelo, impasible ante la avalancha de golpes.

—Le destrozaste entero, muchacho. Tú solo. Desde aquí solo te pusimos el camino más fácil.

Se miró las manos. Ahora entendía el dolor y la sangre.

Tardó casi un minuto en formular la siguiente pregunta, porque temía la respuesta.

—¿He vendido, acaso, mi alma por matar a mi socio?

El guardián enseñó sus dientes horrendos en una sonrisa dantesca.

—Así son las reglas. Además, tu caso es especial. Ya habrías venido aquí directo por matar a aquel desgraciado. Pero, para ganarte más puntos, decidiste también quitarte la vida.

Sus pensamientos se agolparon en la cabeza. Y recordó.

Alzó su mano derecha y con el dedo índice rozó un pequeño agujero de bala en su sien. Aún brotaba algo de sangre.

A lo lejos, de repente, apareció como de la nada otro condenado empapado en sudor. A pocos pasos, con las manos en los bolsillos, se acercaba con ritmo lento su carcelero de almas.

A escena de nuevo

Podría haber sucedido que el estruendo de una sonora caída alertara a quienes estaban en la casa; podría haber pasado que la copa se despedazara en millones de virutas al caer, destrozando el silencio; o que el cuerpo, torpe, amodorrado, abandonado de la mujer golpeara con un sinfín de elementos escandalosos antes de dar con los huesos en el suelo y tal alboroto llamase la atención de todos al instante.

Pero no sucedió nada de eso.

El atragantamiento fue súbito y, a pesar de sus intentos de liberarse con un trago de la copa que sostenía —por poco tiempo—, todo fue inútil. Se le escapaban las fuerzas, la vida, a medida que el aire era incapaz de llenarle los pulmones.

Cuando se llevó las manos al cuello, en un intento desesperado y totalmente vano de agarrarse a la vida, el vaso de cristal cayó sobre la moqueta, que amortiguó el golpe.

Ella, en lugar de caer a plomo, aferrada a los últimos cabos que le mantenían unida a la supervivencia, hincó la rodilla, primero, para acabar recostaba sobre su lado izquierdo en busca de una nueva posición liberadora que tampoco fue efectiva.

En el piso de abajo, todos los invitados charlaban, reían, bebían, disfrutaban de la fiesta. Incluyendo quien la había contratado para hacerse pasar por ella: una antigua estrella de cine que, para sorprender especialmente a uno de los invitados, el director de moda que buscaba protagonista para su nueva película, pensó hacer gala de una capacidad interpretativa única y confundirse entre los asistentes a la fiesta sin que nadie fuera capaz de reconocerla.

El plan era sencillo. Ella, vestida como la actriz, esperaría al momento preciso, justo pasadas las siete, para asomarse, sin encender la luz, al descansillo en lo alto de las escaleras, forzar la voz, como si estuviera indispuesta, y anunciar que, lamentablemente, no les acompañaría en la fiesta, aunque esperaba que todos disfrutasen de la velada. Y sin dar tiempo a que nadie se percatase del cambio de personajes —con la inestimable ayuda de la penumbra, la distancia desde el piso de abajo y la más que probable embriaguez de la mayoría de invitados—, se volvería al dormitorio. Una vez allí y tras esperar el tiempo necesario, se mezclaría con los invitados ya con su propio vestido.

Sin embargo, todo el plan se estaba yendo al infierno por unas pastas de té. ¡Unas malditas pastas de té!

Siempre que estaba nerviosa le daba por comer. Lo único que había en la habitación de la señora era un plato repleto de pastas de té. Inconscientemente, se introdujo en la boca más cantidad de la que podía procesar sin peligro y el final ya es conocido.

Confiaba en que, al no haber cumplido parte de su papel, la señora sospecharía y subiría para regañarla, al menos para exigirle el cumplimiento de su parte. Su intervención, desde lo alto del primer piso, suponía una pieza más en el engaño urdido por la actriz y no podía obviarse. ¡No debía obviarse!

¡Cómo hubiese agradecido una buena reprimenda en ese momento! Si así fuera, tal vez llegaría a tiempo, pediría auxilio, le atenderían y salvaría la vida.

Pensaba todo esto mientras su rostro se tornaba violáceo y estiraba aún más el cuello en una actitud más propia de un pez fuera del agua.

Por un momento, pensó que parte de la amalgama de pastas en medio de su garganta se estaba reblandeciendo y podría acabar cediendo ante el incesante empuje del aire.

Pero no fue más que un espejismo. Los esfuerzos por respirar siguieron siendo inútiles. La cantidad de aire que conseguía adentrarse en sus pulmones no era suficiente.

Trató entonces de alcanzar algún objeto que pudiese tirar contra una ventana y hacer el suficiente ruido como para llamar la atención de alguien, daba igual si era la señora o cualquier otro, pero ¡alguien!

Con enorme esfuerzo, recogió el vaso de güisqui del suelo y, como pudo, lo lanzó contra la ventana. Sin embargo, entre la escasa fuerza con la que fue lanzado y las cortinas, que parecían querer proteger la integridad del cristal, el vaso no consiguió su objetivo.

Miró hacia la puerta. La distancia era enorme en sus circunstancias. Resultaba impensable llegar allí, a rastras, con las escasas fuerzas que le quedaban, para alertar a los invitados por encima del volumen exageradamente alto de la música.

Tampoco tenía a mano ningún otro objeto contundente con el que volver a intentar estallar la ventana.

Todo parecía perdido.

De repente, escuchó un ronroneo, como el ralentí de un coche bien ajustado, a sus espaldas. No podía girarse, pero creía recordar que la señora tenía un gato y debía ser él.

¡Claro, estaba segura de que el felino había sido capaz de oír algunos de los ruidos provocados por ella, por amortiguados que fueran!

Se habría mostrado eufórica si no fuera porque se le escapaba la vida a toda velocidad.

Perdió el conocimiento justo antes de que se oyeran pasos en las escaleras, seguidos de gritos pidiendo auxilio, minutos antes del sonido característico de las sirenas llenando la calle.

A la fuga (hasta la muerte)

El espejo, neutral pero cruelmente, le devuelve su imagen añeja. La piel, ajada, surcada de pliegues, manchas y arrugas; la mirada, cansada, caída; la sonrisa, gastada.

En su afán inútil de disimular el inevitable paso del tiempo, se acicala con parsimonia. Hace uso de su extensa colección de sombras de ojos, maquillaje, pintalabios y lo maneja con la maestría de quien está habituado a hacer una tarea diariamente.

Mientras repasa con un lapicero una de sus cejas, cae en la cuenta de que, al otro lado de la habitación —podría verlo a través del espejo, si buscara la posición adecuada—, tiene colgada una de las primeras copias de un grabado de Goya, *Hasta la muerte*, que pertenece a su familia desde hace años —como tantas otras obras de arte— y que le recuerda, casi hasta al detalle, su propia vida.

No es poca la gente del pueblo que critica su costumbre de rodearse de jovencitos. Lo hacen a sus espaldas, como es natural, que nadie aguantaría un enfrentamiento directo con la mujer más poderosa de la comarca.

Pero ella sabe que, como el pintor aragonés de trazo sombrío, todos ven con malos ojos que un vejestorio se engalane para atraer a muchachos en cuyos ojos se lee a distancia el interés que les mueve.

Sin embargo, es eso lo que hace desde que el espejo de su habitación comenzó a decirle que los buenos tiempos quedaron atrás, dejarse querer por efebos. ¡La vida son dos días, qué demonios!

Al terminar su ritual de engalanamiento, camina con paso lento hacia el salón.

Desde el umbral de la puerta observa al último de sus seguidores, sentado en una silla junto a la mesa sobre la que tiene recostada la cabeza. Las manos también descansan sobre el tablero, una de ellas muy cerca de una taza de café volcada, cuyo contenido ha manchado el mantel y parte de la cabellera del joven.

La vieja se aproxima por detrás y, agarrándole del pelo, le levanta la cabeza. Es increíble lo dócil que parece un ser lleno de energía en circunstancias como estas.

Decide que hay que actuar sin demora.

En todas las ocasiones anteriores, la dosis de barbitúricos camuflada en el café fue suficiente para acabar el proceso, salvo en el caso del de los ojos verde aceituna… ¿Cómo se llamaba? No importa. El caso es que resultó todo un inconveniente que se espabilara antes de tiempo.

No volvería a suceder, no, señor.

Alza un poco más el rostro del chico y casi siente ternura al verle. Pero aquel pensamiento se desvanece dejando su lugar a uno más pragmático: si no se sacan los ojos cuanto antes, luego no saben igual…

Luego van las vísceras —de algunas de ellas, como los riñones, jamás ha podido dar cuenta, no se explica por qué—, para terminar con músculos y huesos.

Sabe qué pasos dar y cómo y cuándo darlos. La experiencia es un grado, y experiencia le sobra.

Días más tarde sale a la calle, impecablemente vestida, para asistir a misa. Todos la observan, cuchichean en corrillos, muy pocos se dirigen a ella, aunque sea solo para saludarla.

Es el cura, a la puerta de la iglesia, quien le da la bienvenida y, de paso —tampoco él puede evitar la tentación del cotilleo—, le pregunta por el joven acompañante con quien se le ha visto últimamente.

—Pues ya ve, padre, a la fuga se ha ido. Como todos los demás. Se conoce que no me veían tan cerca de la muerte como ellos quisieran…

El prisionero

Nadie recordaba desde cuándo habitaba el prisionero aquella celda oscura, húmeda y tenebrosa. Ni siquiera los carceleros más veteranos, cuando se esforzaban —antes, incluso, de ingerir el brebaje balsámico que ingirieran después de sus turnos y que conseguía nublarles la razón y enturbiarles la memoria—, eran capaces de concretar el año, el mes y, mucho menos, el día de su llegada.

Y a pesar de ser el recluso menos problemático de todos —se decía que no había salido jamás de sus labios ni el menor sonido—, era, sin duda, el más conocido. Si no fuera porque corrían tiempos violentos, en los que la sinrazón dominaba las mentes, tal vez alguien habría concluido que es posible alcanzar notoriedad sin alzar la voz.

Como es sabido, cuando la ignorancia es la más extendida de las singularidades del ser humano, lo desconocido se convierte en temible; lo inexplicable, en vilipendiado; lo extraño, en odiado.

Así, el prisionero, aunque ajeno, por su inactiva posición ante el mundo, a todos los sentimientos encontrados que generaba, era el motivo de que gran parte de los carceleros buscaran mil y una excusas para no tener ni que acercarse siquiera a la puerta de su celda. Durante mucho tiempo atrás, muchos de ellos se habían visto obligados a llevarle un mendrugo de pan o habían tenido que comprobar que siguiera en su sitio, muy a pesar del terror infundado que sentían al pensar en acercarse a aquella celda. Al hacerlo y asomarse por la estrecha mirilla de la puerta, según declaraban la gran mayoría en actitud delirante, creían ver al prisionero convertido en increíbles y cambiantes formas diabólicas. Algunos lo veían rodeado de montones de comida, devorando a manos llenas, o amasando puñados de monedas de oro, imágenes que todos ellos sabían inexistentes. Otros juraban haberle visto tan pronto con ojos encendidos en la lujuria como abandonados a la pereza. Los que más aterrorizados parecían habrían puesto la mano en el fuego al asegurar que el prisionero realizaba actos herejes, blasfemos y de una absoluta irreverencia. En cualquier caso, los diversos carceleros encargados de la sencilla labor de vigilancia del cautivo encerrado en la celda más inexpugnable de la prisión sucumbieron a sus propias visiones y miedos y se mostraron incapaces de continuar con su obligación, ofreciéndose, a cambio, a realizar cualquier otra tarea en la prisión, por vergonzante que fuera.

De este modo, finalmente, solo el carcelero mayor, cuyos carácter, rudeza y perversidad eran legendarios, se encargaba de establecer con el prisionero la escasa relación necesaria entre él y otro ser humano.

Se decía, aunque nunca nadie presentó pruebas concluyentes al respecto, que había huido de su tierra natal tras haberse hecho con las escasas posesiones de la familia, a la que dejó herida de muerte ante tal muestra de insensible ruptura de la confianza. Actitud tan ruin que a cualquier ser humano honrado ruborizaría, al menos en el carcelero mayor, parecía no haber dejado poso si es que su rostro permanentemente retorcido no lo fuera. Quien creía conocer más detalles del caso —o quien, tal vez, demostrara mayor imaginación en el relato— aseguraba que su propia madre, incapaz de creerse la traición de su vástago, se había adentrado, para siempre, en los fangosos terrenos de la locura.

Como si su pasado no existiera, cumplía con sus obligaciones de manera rigurosa. Así, una vez al día, le pasaba al prisionero un plato con pan y un recipiente de barro con agua sucia a través de la trampilla situada a los pies de la sólida puerta de hierro. Mucho más a menudo cada día, por curiosidad malsana más que por cumplir con el deber que se le suponía, descorría la mirilla —que solo le permitía ver el fondo de la celda— y permanecía durante algunos minutos con la mirada fija en aquel desgraciado.

La débil luz de la antorcha que acercaba para intentar arrancar alguna imagen de la oscuridad reinante acrecentaba aún más la necesidad de usar la imaginación, pues todo parecían sombras danzando, que por sí solas no eran capaces de arrojar información fidedigna.

No obstante, siempre creía verlo en idéntica postura. Sentado, las piernas cruzadas y los brazos de tal modo que sus codos reposaban en sus rodillas, con las manos tapando, aunque inconscientemente, las vergüenzas que, por su desnudez impuesta, no tenían mejor forma de ser ocultadas. Siempre sentía la misma extrañeza al verlo, pues la postura que adoptaba era milimétricamente idéntica a la que adoptaba él mismo en ocasiones.

Sin embargo, a diferencia del resto de carceleros, aquella curiosa coincidencia no le turbaba lo más mínimo ni le afectaba en el cumplimiento de su deber. Al fin y al cabo, mucha gente compartía una postura, un gesto, una forma de moverse...

Cuando abría una portezuela, como si fuera una gatera, por la que lanzaba los recipientes con la comida y la bebida, comprobaba que los últimos restos apenas parecían intactos comparados con cuando los dejó. Ese detalle le extrañaba, pero no tanto como otro realmente impactante. No recordaba haber percibido ni una sola vez el característico olor a orín y, por la condición inhumana de la reclusión a la que estaba sujeto, sin un orificio en el suelo ni un recipiente al uso donde evacuar convenientemente, resultaba imposible que el cubículo no acabara siendo un amasijo de olores putrefactos.

Sin embargo, el carcelero mayor sí distinguía uno muy peculiar y que, por su experiencia en las antiguas guerras, conocía muy bien.

Algunas veces era más sutil; otras, un golpe mareante. Pero, en todas, le venían a la mente al único vigilante de aquella celda los recuerdos vívidos de las explosiones, las detonaciones de la contienda. Ese olor sulfuroso no se olvida…

La relación del carcelero mayor con el resto de vigilantes de la prisión era limitada por propia iniciativa. Consideraba al resto una panda de pusilánimes con escasas dotes para sus puestos y no disimulaba el desprecio que le producían, realizando continuas chanzas y burlas a la menor ocasión.

Una mañana, antes de bajar a visitar al prisionero, se acercó a la pequeña sala donde solía descansar el personal, echar unas cartas o, al carecer de vigilancia, tomar algún que otro trago —demasiados, en ocasiones, para el desempeño correcto de su trabajo—. Se encontró con tres carceleros jugando ruidosamente a los dados alrededor de una mesa destartalada.

Al entrar el carcelero mayor, todos se quedaron mudos y bajaron las cabezas, aunque las habrían enterrado, de haber podido.

Con paso deliberadamente lento, rodeó la mesa, deteniéndose unos segundos a la espalda de cada uno de los aterrorizados compañeros.

Finalmente, posó sobre los hombros del último ambas manos, la izquierda aún sosteniendo la porra reglamentaria, y, sin disimular lo más mínimo tan amenazante gesto, susurró con voz profunda, marcando a propósito su acento extranjero:

—Vas a venir conmigo esta mañana, muchacho.

A pesar de que la respuesta inmediata del susodicho, trémulo como una hoja de árbol sacudida por el fuerte viento de otoño, resultaba ciertamente cómica, ninguno de sus compañeros de juego la secundaron con una leve sonrisa siquiera, no fuera a ser que el carcelero mayor cambiara de opinión y eligiera, repentinamente, a otro en su lugar. Cuando, rendido a su mala suerte, el escogido retiró su silla y se puso en pie con resignación, pero con un profundo temor en el rostro y los nervios a flor de piel, aún aguardó el carcelero mayor unos segundos antes de prorrumpir en sonoras carcajadas.

—¡Siéntate de nuevo, infeliz! No quiero tener que soportar tus excrementos de camino a la celda del prisionero.

Y con una nueva y exagerada risotada, selló la escena con la mejor de sus muecas: el labio superior alzado siniestramente, desde un solo lado; los dientes amarillentos, a la vista de todos; el cuello, tenso como la piel de un tambor, mostrando las venas hinchadas, a punto de estallar; los ojos, encendidos, con la malicia dibujando formas extrañas en las pupilas.

—Me valgo yo solo para atenderle, cobardes. No me dejo dominar por supersticiones, como vosotros.

Satisfecho del estado de ridículo en que había sumido a aquellos a los que jamás consideraría compañeros, se escuchaba su risa continua a medida que iba bajando los nueve niveles que le separaban de la celda del prisionero.

Antorcha en mano, cuya llama amarillenta le permitía distinguir el borde de los resbaladizos escalones, repetía el camino diario que le llevaba a la última celda de la prisión. Aquello le producía una enorme satisfacción al poder separarse del resto de la humanidad, con la que no tenía nexo alguno. En su bajada, golpeaba de vez en cuando con la porra en la rugosa pared, produciendo un estruendo que rebotaba en la roca de la escalera y alimentaba un eco infernal, en señal de aviso: a los de arriba, para indicar quién ostentaba la fuerza; al de abajo, para advertirle de lo que se llevaría si le daba un solo problema.

Era cierto que él, como todos los demás, había percibido cosas difíciles de explicar cada vez que miraba a través de esa mirilla. Sin embargo, hasta el momento, a todo lo observado le había concedido explicaciones plausibles y en eso radicaba la razón de su serenidad al satisfacer sus obligaciones diarias con el prisionero.

Pero al descorrer aquel día la placa metálica de la puerta y acercar la antorcha, vio al prisionero con un gesto que no pudo creer. Casi se quemó la cara al aproximar aún más el fuego, pues necesitaba luz suficiente para cerciorarse. Aunque tendría tiempo para hacerlo, ya que el preso parecía empeñado en que le viera. Que viera sus ojos ardiendo, que viera los músculos de su cuello tirantes como un arco, que viera sus dientes pútridos, que viera su labio superior alzado desde su lado izquierdo, formando una mueca terrible.

Y acompañó su rictus con un sonido sordo, el de las cadenas contra el suelo, tan similar al de la porra chocando con las paredes de la escalera de bajada al infierno que, por primera vez en su vida, al carcelero mayor se le heló la sangre.

Tardó aún unos segundos, eternos, en reaccionar, cerrar la mirilla y dirigirse, escaleras arriba, hacia la luz natural que, de repente, tanto necesitaba.

Se sorprendió a sí mismo dominado en cierto modo por el miedo, y esa sensación, tan primaria pero inexplorada por él hasta entonces, le inquietó.

Su seguridad en el paso, firme hasta entonces, se desvaneció y pensamientos perturbadores comenzaron a llamar a las puertas de su mente.

En tal estado de ensimismamiento alcanzó el nivel superior que el resto de carceleros, si no fuera por la temible reacción que a buen seguro habría originado, habrían proferido en voz alta algún comentario ante una escena así de inédita, al ver al más amenazante de la prisión con aspecto de manso cordero.

A partir de ese día, las jornadas le resultaron muy duras porque, inexplicablemente, le visitaba con inusitada frecuencia la cara de su madre, inundada en lágrimas, deshecha por su inesperada traición, suplicando una explicación que él, en su momento, no quiso dar. La dureza de su corazón ni siquiera le sugería que tuviera que hacerlo y no lo hizo.

Y con la carga extra de las visiones de su madre, cumplir con sus obligaciones con el prisionero se tornaba harto difícil, aunque nada tuviera que ver la una con el otro. Para los demás carceleros resultaba una bendición, ya que se acabaron las intimidaciones y las burlas y las bromas pesadas. Nadie echaba de menos al anterior carcelero mayor. Aunque alguno llegó a pensar que, si su fiereza y templanza incluso en las situaciones más temibles se desvanecían, quizá a alguno de ellos le tocase vigilar al prisionero de nuevo…

Pasaron pesadamente los días y cada uno reforzaba su marca en el carcelero mayor. Veía los ojos rotos de tristeza de su madre constantemente y el desánimo le atenazaba el corazón, aunque lo que le quedaba de su fiereza se oponía tozudamente a ser dominado por tal debilidad.

Una mañana, empuñando, como últimamente, una antorcha en cada mano (la porra, enfundada; el mendrugo de pan, embolsado, y el agua en un odre, anudados a la cintura), bajó los nueve tramos de escaleras hasta llegar a la celda del prisionero sin la seguridad de otros tiempos.

Aceleró el paso al llegar al último nivel. Quería cumplir con el deber lo antes posible. Comprobar que el prisionero seguía en su lugar, pasar por el hueco de la puerta el pan y el agua y volver por donde había venido de inmediato.

¡Quien le hubiera visto hacía unos meses no lo reconocería! Incluso físicamente había cambiado. Había perdido peso, mostraba unas profundas y oscuras ojeras y los pómulos se le marcaban de un modo desagradable.

Se aproximó a la mirilla y la descorrió. Cuando arrimó la llama de la tea y se cercioró de lo que estaba viendo, fue incapaz de mover un solo músculo.

Al otro lado de la puerta, no sabía cómo, el prisionero había sido capaz de concentrar la luz de la antorcha entre su nariz y su frente, con lo que eran perfectamente visibles sus ojos… Ojos anegados en lágrimas y con la misma expresión que el carcelero mayor recordaba en su madre la última vez que la vio.

Solo unas horas después, uno de los carceleros creyó oír un sonido lastimero, pero tan lejano que necesitó de toda su concentración para tratar de determinar su procedencia. Finalmente, con el auxilio de otros carceleros, concluyó que venía de los niveles inferiores.

Quisieron llamar al carcelero mayor, pues consideraban que debía estar informado, pero nadie consiguió localizarlo.

Armándose del valor que hacía tiempo les había abandonado, varios de los vigilantes, pertrechados de antorchas, porras y otros utensilios de defensa, se prepararon para bajar las escaleras al fondo de la prisión.

A medida que se adentraban más y más en las profundidades, los lamentos se hacían más audibles, aunque todavía no eran comprensibles, y pronto se dieron cuenta de que deberían bajar hasta el último nivel para descubrir la fuente de tan inquietantes sonidos.

Ya frente a la puerta de la celda del prisionero más célebre del presidio, echaron a suertes —a mala suerte— quién se asomaría a comprobar el motivo por el que el prisionero emitía aquellos gritos agudos y desesperanzados.

El desdichado al que cayó en gracia la decisión de la fortuna movió la plancha metálica de la mirilla y, aunque estaba casi seguro de lo que había visto, pidió a un compañero que se cerciorara de lo mismo.

Uno a uno, todos dejaron que su curiosidad venciera a sus miedos y se acercaron a ver. Y lo que vieron todos ellos no podían creérselo.

En medio de la celda, encadenado, desnudo, se encontraba el carcelero mayor. Mantenía la cabeza gacha la mayor parte del tiempo, pero cuando la elevaba, mostraba un rostro compungido hasta el extremo, repleto de los senderos que dejan las lágrimas sobre la piel sucia, la boca tensa, comprimida, y los ojos, encendidos a causa del dolor.

Entre sollozos sin sentido, de cuando en cuando, susurraba un lastimero «madre» que detenía el latido de cualquier ser con alma en sus alrededores.

Conquistas

Hacía años que no necesitaba despertador, que, sin saber cómo, lograba abrir un ojo apenas unos minutos antes de la hora deseada. Aquel día, con la luz del amanecer recién estrenada, ocurrió como tantos otros.

Se sentó en el borde de la cama y se tomó su tiempo para ubicarse antes de comenzar con la rutina de su jornada.

En esa posición, con las manos apoyadas en las piernas, echó un vistazo rápido a la espalda desnuda de la joven al otro lado de la cama, una de sus conquistas, como solía llamarlas.

La sábana, que la cubría de cintura para abajo, dejaba adivinar la pierna izquierda flexionada, como si apuntara a la ventana.

Se levantó y la brisa, que se colaba por la ventana abierta y los diminutos huecos de la persiana, le recordó su desnudez.

Descalzo, caminó hacia el baño, anexo al dormitorio. Se miró al espejo y comprobó, con satisfacción, que sus rasgos no habían empeorado con los años, todo lo contrario. Y aunque empezaba a aparecer una incipiente barriga, conservaba el suficiente atractivo como para seguir completando su lista de conquistas.

Pasó las manos por el pecho, totalmente depilado, mientras el espejo le seguía devolviendo su imagen, por el cráneo, rapado meticulosamente, por los pómulos, el cuello…

Hizo una serie de muecas, abriendo la boca de distintas formas con tal de verse cada pieza dental.

Rebuscó en el armario del baño en busca de hilo dental, pero enseguida se dio cuenta de que era un error.

Volvió al dormitorio. Una bolsa negra reposaba en el suelo. Sacó un neceser de aseo y lo llevó al cuarto de baño. En él tenía lo necesario para liberarse de aquella pesadez que le dejaba en la boca dormir más de la cuenta.

Movió su propio hilo, con maestría, entre los dientes. Se cepilló con fruición, usando un dentífrico natural que le habían recomendado. Acabó enjuagándose con un colutorio mentolado que le devolvió la confianza.

Cada vez que expulsaba la pasta de dientes o el enjuague en el lavabo, lo limpiaba con determinación, de arriba abajo, con un estropajo que también llevaba en su bolsa.

El neceser volvió a su lugar al fondo de la bolsa una vez se aplicó desodorante en las axilas. Desodorante libre de aluminio.

Se vistió en el dormitorio, en silencio, mientras miraba el cuerpo femenino que empezaba a ser acariciado por los primeros rayos de sol que se colaban en el cuarto.

Los calzoncillos eran tradicionales. Demasiado, quizá. Sonrió al pensar que muchas de sus conquistas no lo habrían sido si le hubieran visto tales gayumbos en un primer momento.

Se enfundó la camiseta blanca, se puso los calcetines y el mono azul de trabajo, con el logotipo de una empresa de mantenimiento en medio de la espalda.

Al calzarse las botas y arrodillarse para hacer la lazada con los cordones, observó a la chica. Era una verdadera lástima que no fuera a verla más.

Antes de ponerse de pie, aprovechó para sacar de la bolsa utensilios de limpieza que usaría a continuación. Un aspirador de viaje, una ballesta, lejía…

Pero antes de marchar en busca de una nueva conquista, rodeó la cama y se acuclilló frente a la joven.

El brazo izquierdo colgaba desde la cama, como el alero de un tejado. La mano, lánguida, apuntaba al suelo.

El pelo azabache le tapaba por completo la cara. Con un leve roce, apenas sin tocarla, se lo retiró. Y volvió a ver en sus ojos, abiertos de par en par, su expresión de asombro.

En el cuello, la sangre empezaba a adquirir consistencia y a secarse en el lado de la sábana que daba la bienvenida a la luz de la mañana.

El gato

Queda apenas una hora y caerá su reino, pero, ahora, la oscuridad domina las calles. Unas nubes, densas, oscuras, fortalecen el rapto de la luz.

El gato, desde el otro lado del gran ventanal del salón, observa el exterior. Apoyado en sus cuartos traseros, el rostro impasible, los músculos serenos y la mirada partiendo de dos enormes lunas llenas, pupilas de un negro azabache, parece vigilar, captando en su campo visual, más amplio que el humano, más sensible a ambientes sin luz, cada detalle de la calle.

Si un humano le prestara atención, pensaría que el animal decide en cada momento qué hacer y cuándo.

Así, en el instante preciso se encorva, primero, formando un arco perfecto con la espalda; se estira, después, alargando las patas delanteras y las traseras a su debido tiempo, para volver, por último, a su posición inicial, de cara a la calle en calma.

Más tarde, también cuando el gato toma la decisión, se acicala, paseando su lengua, áspera, experta, por cada centímetro de su pelaje pardo. En el cerrado silencio de la casa, prevalece el rasposo trayecto que va desde los dedos de las patas delanteras —pulcramente revisados uno a uno— a su entrepierna —o entrepata—, donde acaba tras pasar por su espalda. Por toda su espalda, aunque la lógica nos hable de la imposibilidad de ciertos volteos de cuello ciertamente inverosímiles.

Al otro lado del ventanal, sigue prevaleciendo la oscuridad. A este lado, solo los ojos del gato son capaces de dibujar un mapa con cada objeto, cada rincón, cada espacio, cada mesa, cada estante…

Aunque no es del todo cierto. Sus ojos cuentan con la inestimable ayuda de las vibrisas que perciben la más mínima variación de las corrientes de aire, de modo que, como los murciélagos, son capaces de situar cada cosa en su lugar en la mente del felino. Con movimientos sabios, juega con esos pelos duros y largos —tan especiales— alojados sobre la boca, los ojos o en la parte inferior trasera de sus patas delanteras.

Así se desbarata la magia que a un observador inexperto le produce verle recorrer el salón —desde cuyo ventanal ha vigilado la calle con perseverancia—, en cerrada negrura, esquivando con destreza y maestría cada objeto, por pequeño que sea.

El felino se dirige a la cocina. En silencio, por supuesto. Bebe de su plato y, mientras lo hace, su cuerpo se ilumina intermitentemente con la luz de la alarma silenciosa. El color rojo de sus destellos no lo distingue el gato como lo haríamos nosotros. Solo es capaz de percibir gamas de azules y amarillos.

Una vez saciada su sed, decide cruzar el pasillo que une la cocina con el dormitorio de su dueño. Siempre busca un lugar junto a él en la cama cada noche. O sobre él, si la necesidad de afecto y cercanía es mayor.

Esta noche no fue diferente y antes de verse obligado a ir al salón, ha cumplido con el ritual de iniciar el sueño juntos.

El cuarto principal supone un aparente reto que, sin embargo, no logra convertirse en un problema real para el gato. Todo está tirado por el suelo, de manera desordenada, caótica y, a pesar de ello, no roza absolutamente nada de cuanto sortea.

Se mueve saltando, casi danzando, entre papeles, libros, cuadernos, una lámpara de noche, camisas, pantalones, desangeladas figuras inertes; esquiva una silla caída sobre su espalda; se sube, de un salto, sobre la cama, de la que cuelgan abruptamente sábana y colcha, hacia el lateral izquierdo.

Se asoma, con la seriedad eterna de su rostro, y ve el extremo de la ropa de cama enredado en el pie de su dueño, que yace en el suelo.

Calcula la distancia, el espacio, los huecos con los que cuenta y vuela para aterrizar junto al cuerpo, inerte, de quien poco antes le acariciaba el lomo provocándole un continuo ronroneo.

Ahora no hay ronroneo, no hay caricias, no hay nada. Solo un enorme cuerpo semidesnudo sobre un charco en unos tonos amarillos intensos.

Susurros

Repaso con la lengua una y otra vez, en busca de daños, la cueva sanguinolenta en que se ha convertido mi boca.

Me cuesta mucho respirar. Supongo que aquel animal de puños inmensos me rompería el tabique en la pelea.

Aunque, por el punzante dolor de mis nudillos —y algún que otro sonido a hueso roto que recuerdo de mis acometidas contra aquella mole—, imagino que mi contrincante de turno ha debido pasar también por enfermería.

Nos mantienen separados, como manda el protocolo. Cualquier medida es poca para evitar un nuevo altercado.

Y, una vez recuperados, unos días a aislamiento. A que se nos pasen las ganas de jodernos la vida, supongo que pensarán.

Aunque ya se encargan otros de eso. Como el húngaro, aspirante a mafioso que prueba su poder retando a otros reclusos a machacarse a golpes a la menor oportunidad.

Quiero preguntarle algo al sanitario que me atiende, pero apenas me sale la voz. Además de los múltiples daños en la boca, creo que tengo afectada la laringe. Tampoco me extraña, por otro lado. Sigo viendo al gigante agarrado a mi tráquea durante un siglo, hasta que alcancé a darle un rodillazo en los huevos.

Al parecer al enfermero le hace gracia mi hililllo de voz y me ha apodado Susurros. En la cárcel, casi todo es figurado.

Se habla de rehabilitación cuando se quiere decir supervivencia. O de derechos humanos, cuando no existe ni lo uno ni lo otro. O de aislamiento, cuando uno puede enterarse de lo que sigue bullendo en la trena. Con los contactos y la pasta suficientes, claro.

A mí no me costó demasiado enterarme, mientras estaba aislado, de que mi nuevo apodo había corrido entre los presos como una gacela delante de una leona.

Así que, cuando salí, cuando volví a mezclarme con los demás internos, muchos se dirigían a mí por ese sobrenombre.

A pesar de que mis cuerdas vocales han mejorado considerablemente, yo sigo forzando la voz, haciendo honor a mi apodo.

Han pasado semanas desde la trifulca.

Ya he visto al gigante de puños descomunales. Nos hemos mantenido la mirada, hemos hecho una inclinación de cabeza, como peones de un juego perverso que fuimos, y hemos decidido seguir con nuestras vidas. A quien no había visto aún era al húngaro. Hasta hoy.

Estoy sentado en la sala común, pendiente de la televisión que emite a todas horas programas insulsos.

Un murmullo en el pasillo anuncia la llegada del húngaro, seguido de su séquito de lameculos oficiales y aspirantes a chupapollas.

Se mueve como si lo dominase todo, como si de la vida no le faltara aprender nada. Pero, ya se sabe, la ignorancia es muy osada...

Sonríe con esa sonrisa chulesca y prepotente y me espeta alguna frase que pretende ser graciosa.

Despliego mi voz de pajarillo herido para susurrar un «vete a tomar por culo». «¿Qué has dicho, pedazo de mierda? No te oigo».

Vuelvo a susurrar y, como es normal, sigue sin oírme. Le invito entonces a que se acerque.

Él, confiado, se separa de sus secuaces y avanza hasta dejarme oler su fétido aliento. Mientras aproximo los labios a su oreja, agarro con fuerza la chaira artesanal que he conseguido en el mercado negro (como si hubiera un mercado blanco en este lugar…) y que llevo escondida en un dobladillo en la cintura de mis pantalones.

Simultáneamente, le repito que se vaya a tomar por culo y le secciono el cuello con más facilidad de lo que imaginaba.

El mafioso de pacotilla se apresura a intentar taponar la herida con ambas manos. Tiene la boca abierta, como un pez fuera del agua, y los ojos anormalmente grandes, por la sorpresa.

Miro, sin inmutarme, cómo se le escapa la vida, tirado en el suelo, bañado por borbotones de su propia sangre.

Sus seguidores, descabezados, no saben qué hacer y optan por lo más prudente, permanecer impasibles.

Los gritos de los funcionarios se oyen acercándose.

Dejo la chaira sobre la mesa y sigo viendo la tele hasta que lleguen. Hasta ahora tenía solo un apodo. Desde hoy, tengo un nombre.

El ascensor

Solo en ocasiones especiales utilizaba el ascensor, y eso que vivía en un quinto. Prefería continuar con el hábito, más saludable, de subir y bajar escaleras.

Aquella mañana, sin embargo, se encontró los escalones con señales de haber sido fregados recientemente y, tal vez recordando los lamentos de su propia madre cada vez que ella y sus hermanos dejaban sus huellas sobre el fregado, decidió esperar al ascensor.

Frente a la puerta cerrada del elevador, brillaba la luz roja que indicaba que ya lo había llamado alguien. Y no era difícil descubrir quién había sido.

Desde dos pisos más arriba, donde vivían, llegaban con nitidez los alaridos del niño más insoportable del edificio, molesto, con toda seguridad, por cualquier insignificancia, acompañados de los intentos de su madre por calmarle, a todas luces infructuosos.

La joven del quinto sopesó compartir viaje de ascensor con semejante compañía y, a pesar de sus reparos iniciales, decidió bajar por las escaleras.

Lo hizo sin prisa, aferrada al pasamanos para evitar un resbalón inoportuno, mientras escuchaba los agudos gritos del niño, las crecientes protestas de la madre y, casi imperceptiblemente, el timbrazo que anunciaba la apertura de puertas del ascensor.

Las voces se amortiguaron hasta enmudecer con el cierre de puertas y la joven agradeció poder bajar en silencio hasta el portal.

Una vez alcanzó el final de la escalera, se extrañó de la ausencia total de gritos y voces altisonantes, a pesar de que el ascensor, aún con las puertas abiertas, indicaba la reciente llegada de los vecinos ruidosos a la planta baja.

Sin embargo, no le dio más importancia. Pensó que, por algún extraño milagro de esos de los que saben tanto las madres, el niño había decidido cambiar los berridos por el silencio absoluto. Mejor así.

Pasaron unos días sin que volviera a pensar en el escandaloso niño del séptimo y su sufrida madre hasta que se encontró de frente, al llegar a casa, con el padre de familia, que pegaba en esos momentos un cartel en el portal.

El papel, que parecía una de muchas fotocopias, mostraba la cara del niño y su madre y el temido título «Desaparecidos» en el encabezado.

La joven se apiadó enseguida del vecino, cuyo rostro estaba descompuesto, fruto de la falta de sueño, con unas profundas ojeras y los pómulos extremadamente marcados.

De manera automática, preguntó a la joven si, por casualidad, había visto a su mujer y su hijo.

Ella tuvo que reconocer que no les vio, tan solo les escuchó hacía unos días. Ninguna de las preguntas que le hizo el padre consiguió respuesta alguna que aclarara nada.

La joven lamentó realmente no poder ayudar a aquel hombre, pero reconoció que no le quedaba más que dejarle solo con su desgracia, pegando más carteles y suplicando ayuda.

Pasaron los días y los carteles aparecían por todos lados mientras seguían ocultas las respuestas.

Una tarde, al regresar del trabajo, la vecina del quinto coincidió en la planta baja con el de la primera puerta del cuarto piso, un señor mayor que siempre vestía de un modo impecable y dejaba constancia de su paso por la elegante fragancia que llevaba diariamente.

—¿Subes? —la invitó, cuando se abrieron las puertas del ascensor.

—No, gracias, prefiero las escaleras.

El anciano sonrió y se despidió con una inclinación de cabeza antes de entrar en el ascensor.

La vecina del quinto llegó a su casa aún con el perfumado recuerdo de su vecino en la nariz, y comentó con su compañero de piso lo elegante que siempre parecía el octogenario.

La vida los siguientes días resultó ser un cúmulo de rutina para la vecina del quinto. Rutina que, desde hacía un tiempo, incluía ver los carteles en el portal y seguir sin noticias esperanzadoras.

Sin embargo, ese carrusel cotidiano sufrió una sacudida cuando, al regresar a casa, la vecina del quinto se encontró a su compañero de piso hablando con dos policías. Al verla entrar, enseguida dirigió la atención hacia ella.

—¡Miren, ya está aquí! —Y, como si fuera él el encargado de la investigación, preguntó—: ¿No viste hace tres días al vecino mayor de abajo? Es que también ha desaparecido…

La joven no pudo evitar pensar en lo bocazas que era su compañero, pero enseguida se centró en lo importante y se dispuso a atender a los policías.

Reconoció haber visto al ahora desaparecido, pero lamentó no poder ayudar, ya que su encuentro fue breve y muy pronto ambos tomaron caminos separados.

Los agentes tomaron nota de su declaración, no pudieron asegurar que no volvieran a contactar con ella y se despidieron.

Después de un par de semanas ya corrían diferentes rumores en el vecindario sobre las desapariciones. Algunos optaban por traficantes de órganos. Aunque los detractores de esta hipótesis se preguntaban sobre la utilidad que para tal fin podría tener el anciano desaparecido. Otros contaban, convencidos, que el verdadero objetivo era el niño; la madre, un daño colateral, y el viejo, alguien que descubrió el percal y a quien había que eliminar. Los más imaginativos hablaban de algún tipo de abducción. Por más descabelladas que parecieran, nadie era capaz de descartar ninguna de las teorías, sin embargo.

La vecina del quinto quería mantenerse al margen de las conversaciones de portal y ni siquiera con su compañero, por más que él lo intentase, se animaba a comentar nada. Lo cierto es que el tema la mantenía intranquila, incómoda. Le producía un enorme desasosiego no ser capaz de encontrar la causa razonable de las desapariciones y ni los constantes rumores ni el tiempo transcurrido desde la primera desaparición contribuían positivamente a su estado mental.

No podía evitar pensar que tal vez fuera ella quien viera a los desaparecidos por última vez.

Por supuesto, no compartía con su compañero de piso su inquietud. Le conocía bien, conocía la superficialidad con la que se tomaba la vida, y no podía considerarle un apoyo en este sentido.

Una noche, su compañero se ofreció a bajar la basura. Ella quiso ayudar a bajarla, ya que tenían varias bolsas que tirar, pero él dijo que no hacía falta. Comentó que usaría el ascensor y los cubos están muy cerca de la puerta del portal.

La chica puso algo de música y se acomodó en el sillón con un libro que llevaba a medias.

Solo cuando se percató de que había leído casi cien páginas, se dio cuenta de que su compañero no había regresado aún.

Al principio no le dio importancia; se paraba a hablar con cualquiera y tenía carrete para rato si iniciaba una conversación. Pero pasada casi una hora, pensó que era imposible que se hubiese entretenido tanto con alguien.

Se dirigió a la puerta, miró por la mirilla y comprobó que no había nadie en el pasillo. Visiblemente nerviosa, se asomó a la ventana del salón, desde la que se veía la calle, la parada de autobús, el colegio de enfrente, los contenedores de basura... Nada.

Pensó llamarle, pero justo cuando iba a marcar, vio el móvil de su compañero sobre la mesa del salón.

No tenía ánimo, pero pensó que debía buscar explicaciones, antes de llamar en busca de ayuda.

Abrió la puerta principal, muy despacio. Asomó un poco la cabeza, miró a derecha e izquierda, y salió solo al cerciorarse de que no había nadie.

Anduvo con paso ligero, pero evitando hacer ruido, y llegó enseguida a las escaleras. Y al ascensor.

Con las puertas abiertas, el chisporroteo de un neón que alternaba momentos lúcidos con apagones, el ascensor parecía estar llamándola.

El traje

La trastienda está repleta de prendas. Cuelgan, enfundadas en plástico, sujetas a un orden estricto.

Los encargos se registran, catalogan y acompañan de las señas del ordenante, que se grapan al tejido que se haya de restaurar. El acuchillamiento de la grapa es un mal menor.

Una vez que la persona solicitante abandona un abrigo, un pantalón, un vestido o una camisa en el mostrador de madera del establecimiento, se encomienda a la buena fe del personal de la tintorería que, con asimilado automatismo, da entrada a la prenda —infringiendo el lacerante registro— y la deja en manos del artilugio colgante que la adentra en la boca oscura de la trastienda.

Luz, en su papel de aprendiz, observa en silencio, casi sin dejarse ver, a todas sus compañeras mientras llevan a cabo las diferentes labores de la tintorería y de las que toma buena nota mental.

Su predisposición es excelente y no parece necesitar excesiva reiteración en las órdenes para que las ejecute con diligencia y atisbos de buen hacer.

Así, basta un simple movimiento de cabeza de la encargada para que se dirija a la trastienda, en busca de las prendas no reclamadas, las que lleven, como murciélagos aletargados en la oscuridad, un año, al menos.

Siempre se hace un último intento con el dueño, pero si es igual de infructuoso que los anteriores, la prenda pasa a formar parte del escogido grupo que engrosará los almacenes de alguna asociación benéfica.

Revisa el carrusel, lo mueve de manera manual y lo frena en la única prenda que, hoy, cumple con el requisito del tiempo mínimo de durmiente.

La descuelga, retira la funda de plástico y observa el elegante —aunque algo pasado de moda— traje azul que, tras doce largos meses, vuelve a respirar, liberado.

Se acerca a una luz para ver los detalles de la nota de trabajo. «Lavar y planchar». Nada sofisticado, pero, por lo que ya conoce del oficio, que requiere del máximo de atención en su ejecución.

Higinio Buenaventura es su dueño. No aparece teléfono alguno, solo una dirección.

Aunque imagina que ya se hizo de manera concienzuda un año atrás, decide registrar cada bolsillo en busca de algún olvido que, junto con el traje, haya que devolver a su dueño en perfecto estado.

Revisa, con cuidado, con sutileza, casi, cada bolsillo sin sobresaltarse por la sorpresa de un descubrimiento.

Hasta que llega a un bolsillo interior, uno diminuto que apenas se aprecia, y dentro del cual parece haber algo.

Con la emoción del que cree estar ante el hallazgo de un tesoro, accede al pequeño hueco del traje y, con la punta de los dedos, extrae un papel, pulcramente doblado en tantas dobleces que convierte el descubrimiento casi en un milagro.

Luz lo desdobla, mira a su alrededor, como si estuviera haciendo algo malo, y descubre una frase, escrita a mano, en medio del papel: «Enhorabuena, Luz, una gran noticia te espera».

★★★

Tiempo atrás, Belinda acometió idénticos pasos a los que daría Luz.

Sin embargo, ellas eran muy distintas. Belinda era la más experimentada de la tintorería, tanto que acabó convirtiéndose en encargada.

Su carácter, huraño, arisco, incluso, ayudaba tanto a mantener viva su imagen autoritaria como a generar distanciamiento ante la menor oportunidad de amistad con sus compañeras.

Su natural desconfianza le obligaba a llevar a cabo personalmente cada tarea y solo la imposibilidad de abarcarlo todo dotaba de contenido a la jornada del resto de trabajadoras.

Una tarea que solía hacer con gusto, por lo que de aislamiento y hasta recogimiento suponía, era la revisión de los encargos olvidados en la trastienda.

A diferencia de lo que pudiera sentir Luz tiempo después, Belinda jamás sintió melancolía ni compasión por aquellos pedazos de tela que habían dejado, con seguridad, deshilachadas infinidad de historias personales.

Para ella no se trataba más que de objetos ocupando un espacio precioso y un símbolo de la dejadez de sus dueños, que, según creía ella, seguro que ni siquiera habían caído en su falta.

Con la mente concentrada en la lista de quehaceres que aún le depararía el día, revisó mecánicamente las prendas que debían decir adiós en breve a su última morada.

De todas ellas, sin saber explicar el porqué, solo con una procedió a un registro más minucioso. Un traje negro.

Tras una profunda revisión encontró, en un pequeño bolsillo interior, una nota con un mensaje breve: «Belinda, piensa en despedirte».

Al leerlo, lo primero que pensó fue que era objeto de una broma.

Miró a derecha e izquierda, segura de encontrar al resto de trabajadoras de la tintorería amortiguando con las manos la risa ante situación tan cómica. Imaginaba a todas ellas deseando su marcha, seguro que vivirían más a gusto sin ella.

Pero allí no había nadie, ni risas, ni bromas, ni malos pensamientos.

Revisó entonces el recibo del encargo, en busca de los datos del dueño de aquel traje. Si entre los dones de Belinda se hubiera encontrado la clarividencia, sin duda se habría sorprendido —o habría esbozado una sonrisa— al leer el nombre y el apellido garabateados en la nota: Higinio Buenaventura.

Anotó la dirección y se propuso ir de inmediato, ya que, aparentemente, no había otra forma de comunicación con el dueño del traje.

★★★

La mañana es soleada, tanto que duele cuando Luz sale a la calle provista únicamente de la dirección de Higinio, el traje azul y un corazón repleto de curiosidad.

No se le ha pasado por la cabeza que sea una broma, no puede ser; no tiene sentido utilizar a una desconocida, anunciando una buena nueva, para satisfacer ideas perversas que, en la cabeza de Luz, no caben, nunca han tenido sitio.

Sin embargo, y aunque sea de un modo irracional, con el sentido que dan las cosas que salen de las entrañas, está convencida de que su visita a Higinio abrirá del todo esa puerta que aquella frase en aquella nota había dejado entreabierta.

El edificio es sombrío, el portal atiborrado de olores, desconchones en las paredes, buzones descuidados y un ascensor cargado de años.

Luz prefiere subir las escaleras, aunque ha de pararse cada poco, pues le falta el aire. Últimamente le pasa mucho y piensa que, tal vez, debería ir al médico.

Al llegar a la puerta indicada en la nota, llama al timbre y, al otro lado, escucha pasos que se aproximan.

Aparece una joven, uniformada, con expresión seria y ojos de no haber dormido bien en siglos.

Luz le explica su presencia allí y su deseo de hablar con don Higinio.

La joven, sin embargo, le dice que eso no es posible, que el señor Buenaventura sufre demencia senil y apenas habla. Ni siquiera con ella, a pesar de estar con él veinticuatro horas al día.

Luz siente un pinchazo de desilusión, pero sigue convencida de que ha de verle. Tras cierta insistencia, la cuidadora accede a llevarla junto al anciano, que espera, ajeno al mundo que le rodea, en una silla de ruedas.

Paso a paso, con parsimonia, Luz se acerca a Higinio y, con voz dulce, le relata el motivo de su visita. Le muestra el traje azul, se lo acerca, incluso, confiando en la reacción del anciano.

Pero Higinio parece no percatarse de la presencia de su invitada.

Al menos, hasta que se encuentra tan cerca como para extender la mano, apoyarla en el regazo de Luz y levantar la cabeza mientras dice, sonriendo:

—Será un niño.

★★★

Meses antes, Belinda se zambulló, paraguas en ristre, en un día tormentoso cuando salió, con el traje, en busca del domicilio de Higinio Buenaventura.

Antes, para evitar el ridículo, y utilizando todas las amenazas de las que fue capaz —que eran muchas—, se cercioró de que ninguna empleada de la tintorería hubiera escrito aquella nota. Llegó a cotejar la letra habitual de cada una para no dejar duda. El camino se hizo largo, no solo por la incesante lluvia, la humedad que calaba hasta el alma, sino por verse dominada por una situación que se escapaba de su control. Y eso era algo que no soportaba.

Entró finalmente en el portal donde vivía Higinio y su aspecto se le antojó acorde al día de perros que había fuera. Para colmo, del ascensor colgaba un cartel anunciando que estaba averiado.

Odiaba subir escaleras. Odiaba hacer cualquier esfuerzo, en realidad. Desde hacía un tiempo le costaba un mundo hasta la más insignificante actividad.

Como haría Luz tiempo después, llamó a la puerta, le recibió una señora que dijo ser la hermana de don Higinio y tuvo que escuchar igualmente que sería imposible obtener información del anciano debido a su demencia.

Como Luz en un futuro no tan lejano, insistió en verle, en intentar comunicarse con él, en tratar de sacar algo de aquella visita aparentemente inútil.

Como Luz, vio cómo el anciano, que hasta entonces permanecía ausente, colocaba la mano sobre su costado, justo donde se sitúa el hígado, y la expresión de su cara se ensombrecía mientras decía:

—Lo siento mucho.

Barahúnda

Sonó el despertador con un tono estridente, cuya intensidad crecía con el paso de los segundos.

Lo apagó mecánicamente, sin necesidad de encender la luz, y se incorporó en la cama, primero, para acabar sentado en el borde, después.

Al hacerlo, el roce del pijama con las sábanas produjo un silbido amortiguado. Como cada mañana, por los conductos del baño se colaban las voces altisonantes de los vecinos del tercero, en su discusión incansable. «Para qué se casarán algunos», se preguntó.

Ni siquiera la cascada de su propio orín precipitándose en el agua del inodoro conseguía acallar los gritos de la pareja de arriba.

Accionó la cisterna un par de veces, pero por encima de su inconfundible sonido, se seguían escuchando las frases lapidarias, los insultos, las faltas de respeto

Aún somnoliento, arrastró los pies en su camino a la cocina. La estática generada producía chispas que sonaban a cerillas mal encendidas.

Chasqueó el encendedor que siempre tenía junto a los fuegos, vio salir llamas azuladas y naranjas de los fogones y colocó la cafetera. Esta se quejó, al contener aún alguna gota tras su último lavado, y quedar convertida, instantáneamente, en vapor por efecto del calor.

A pesar de ser todavía muy temprano, desde la calle se colaban los sonidos típicos de la ciudad, que también despertaba. Autobuses, que paraban bajo su terraza, coches particulares, la persiana de algún comercio que se levantaba para dejar pasar a los empleados más madrugadores, el trajín en el horno de pan de la esquina Todo componía una sinfonía cotidiana cuyos acordes le eran extraordinariamente familiares.

El silbido agudo de la cafetera le trajo recuerdos que dolían.

No hacía ni un mes atrás, a aquel sonido le habrían acompañado el tintineo de dos tazas colocadas juntas sobre la encimera, una a la espera del azúcar, la otra, no; algún azote cariñoso; un beso sonoro lanzado al aire; el tarareo de una canción, banda sonora de cierto momento especial; el chirriante correr de sillas para colocarse cada uno en su lado de la mesa; el soniquete metálico de los cubiertos al golpear entre sí; su melódica voz

Mientras sorbía el café, ruidosamente, solo, empeñado en no venirse abajo, el martilleo que le martirizaba la cabeza desde la última tarde juntos no le dejaba pensar y su zumbido se acomodó, un día más, desde lo más profundo de su ser. Descorrió las cortinas de la ducha y abrió el grifo. La alegre cascada acuosa cantaba canciones que desentonaban con su estado mental.

Se dejó llevar, por el agua, por su sonido, por la sensación de sosiego que transmitía, y la verdad es que salió de la ducha algo más animado.

Al abrir la ventana para airear la habitación, le golpeó la bofetada resonante de la ciudad en marcha. Niños berreando, camino del colegio; claxon de coches impacientes; algún que otro tendero vociferando su género, en una imaginativa forma de atraer clientela.

Soportó durante unos instantes la mezcla de ruidos, los justos para desahogar las sábanas de su pesadez nocturna, y cerró la ventana.

Desayuno liquidado, cama hecha, pistoletazo de salida a su cotidianeidad. Se sentó frente a su mesa de dibujo.

Observó la lámina, blanca, virgen, pero que parecía hablarle desde no sabía dónde. Le asaltaron colores vivos, formas muy concretas, trazos dirigidos.

En su cabeza, el remolino que formaban esas revelaciones le llevaba a una imagen apocalíptica en cuyo centro estaba ella.

Estaba claro que, si su mundo se había ido a la mierda con su marcha, todo cuanto hiciera tendría que reflejar semejante pérdida.

Pero, en realidad, no debería dejarse llevar por tal subjetividad. Era un profesional, al fin y al cabo, y se debía al encargo que habría de presentar en apenas dos días.

El plumín caminaba diligente sobre el papel, como rasgándolo, produciendo un leve crujido que pareció enmudecer cuando la música brotó del equipo accionado a distancia.

Clásica esta vez, que se necesita calma.

Una armonía perfecta de instrumentos de cuerda decora con sus notas el fondo del dibujante, abstraído por su encargo. Y por sus revelaciones.

Esperaba recibir su visita, sutil, silenciosa, como solía hacer, para plantarle un beso o una mano sobre el hombro, sin querer apartarle de su trabajo, pero con la intención de mostrarle su presencia.

Esperaba escuchar su tarareo, dulce, experto, ese soniquete que le acompañaba cada día, marchamo de un día perfecto.

Se dio cuenta de por qué le dolía tanto el sonido últimamente. Con ella los días eran melodiosos. Ahora, simplemente, estaban llenos de ruido.

Dibujó con ansia, sin freno, durante horas, olvidándose de sus necesidades más básicas. Y deseó que aquellos trazos se hicieran realidad. Entrada la noche, se echó atrás para observar su obra.

Una figura femenina en el centro, la boca exageradamente abierta, como si aullara, y, a su alrededor, todo en constante desintegración, difuminándose bajo el influjo de esta nueva Perséfone.

Satisfecho, por primera vez en mucho tiempo, rendido, abatido, vaciado como nunca, se quedó dormido en segundos, mientras se mezclaban los truenos de una incipiente tormenta con los fuegos artificiales de una fiesta vecinal cercana.

Sonidos de la ciudad.

Al día siguiente, no recordó haber apagado el despertador al levantarse. De hecho, no recordaba haberlo oído sonar siquiera.

Se sentó en la cama, fue al baño y todo en silencio.

Los vecinos parecían haber decidido declarar una tregua. O tal vez no era eso.

Hoy no parecía sonar la cisterna, ni la cafetera, ni la calle desperezándose.

Se asomó a la ventana y, sin embargo, los actores que reconoció eran los de siempre, los buses, el horno de pan, las persianas de los comercios. Incluso la tormenta, que aún persistía.

Pero nada daba muestras de estar ahí.

Abrió y cerró la boca varias veces por si era él quien no oía. Susurró el nombre de ella. Y eso sí lo escuchó.

El resto, como cumpliendo el presagio, comenzaba a desvanecerse, empezando por el sonido, que tanto dolía.

Índice